我が焔炎《ホムラ》にひれ伏せ世界

ep.1 魔王城、燃やしてみた

すめらぎひよこ

JN092224

角川スニーカー文庫

23441

著　すめらぎひよこ
イラスト　Mika Pikazo
背景画　mocha
デザイン　草野剛

ep.1
魔王城、燃やしてみた
我が焔炎《ホムラ》にひれ伏せ世界
すめらぎひよこ
illustration
Mika Pikazo
background painting
mocha

The Devil's Castle, Burning
By my flame the world bows down

CONTENTS

ホムラ
発火能力者。超能力により身
火する少女。部隊の中では一
識人だと自負しているが、心
ではとある欲望が渦巻いて
……？
プロト
機械生命体。日本の技術者によって美少女ロボに改造された、地球外産の機械。地球よりも高度な技術で生み出されたが、何事もパワーで解決しようとする。生意気。
「これでB級ホラークリーチャーの出来上がりだ！」
「物理的に叩き潰してあげるよ」
サイコ
マッドサイエンティスト。人体実験とB級映画が大好きで、異世界においても醜悪なクリーチャーを作ろうとする。頭は良いが、その知力は人をからかうために使われる。

The Devil's Castle, Burning
By my flame
the world bows down

ジン
暗殺者。日本の裏側で暗躍する暗殺者一族の一人。悪を斬ることにしか興味がなかったが、異世界に来てから自分の実力を試すことに楽しみを見出し始めている。白米が好き。
「頑張って、殺すね……！」
「死合うというのも、楽しいものだな」
「さあ、焼き払いましょう！」
ツツミ
生体兵器。毒ガス散布を目的とした兵器だが、機能不全により失敗作とされた。儚げな雰囲気を纏うが、ご飯はもりもり食べるし、躊躇なく人を殺せる。部隊のマスコット。

HO
SEK

プロローグ　『旅の終わり、世界の始まり』

The Devil's Castle,
Burning By my flame the world bows down

　これは旅の終わりであり、世界の始まりである。


「また、やっちゃいましたね……」

　赤髪の発火少女――ホムラはそう呟《つぶや》くが、その言葉には申し訳程度の罪悪感しか乗せられていない。

　眼前には大炎上する魔王城。

　テーマパークのアトラクションのような現実離れした光景を、傷だらけの五人の少女――正確には四人の少女と一体の少女型機械生命体――が見上げていた。

　仰ぎ見るそれは、大地を分断するように切り立つ長大な城壁に挟まれ、見る者を圧し潰さんとするほど巨大な城。

　城壁に組み込まれる形で前面にせり出す魔王城は、その構造から、自らが治める国への侵略者を、自らの手で排除せんという魔王の信念を端的に物語っていた。

「他人事みてえに言ってんじゃねえよ！　アタシは魔王を倒せっつったんだよ！　誰が城ごと焼き払えっつったよ！」

魔王の信念はさておき、「難攻不落」という言葉が相応《ふさわ》しい堅牢《けんろう》な城は、今や主を打ち倒され、無惨にも四方から火煙を吐き出している。

「貴重な戦利品、台無しにしやがって。火ぃ見るとハイになるクセどうにかしろ、ボケ！」

狂気の科学者少女《マッドサイエンティスト》――サイコが魔王城放火犯《ホムラ》に食って掛かった。

「だってしょうがないじゃないですか！　なんか気分上がっちゃうんですから！」

「次やったら額にバカでかいピアス穴ぶち開けてやるからな、この異常者が！」

「異常って……！　人体実験大好きな人に言われたくないんですけど！」

「あーあー、うるせえ乳女《ちちおんな》だなあ」

そう言い合いつつ、二人は距離を取る。人間ランク底辺同士の超低次元バトルは、すぐさま『相手を殴って黙らせるフェーズ』に突入したのだ。

「もう怒りましたからね。全人類の利益のために、その悪い口を焼き潰してあげますよ」

ホムラは炭のように黒く染まった手を燃え上がらせる。炎は周囲を赫々《かくかく》と照らし、灼熱《しゃくねつ》は景色をゆらゆらと歪《ゆが》ませた。

「かかってこいや。B級ホラークリーチャーに改造してコレクションルームに飾ってやるよ」

減らず口を叩《たた》きながら、サイコは禍々《まがまが》しい形状の短刀を振る。

ただ短刀を振ったのではない。

その刃は何もない空間に亀裂を入れたのだ。唐突に現れた裂け目からは、闇がこちらを覗《のぞ》いている。

次の瞬間、暗黒の狭間《はざま》より出《い》でしは異形の手。人のものとは思えない歪《いびつ》で大きな手は裂け目の縁《ふち》に手をかけ、音を立てながらこじ開け始めた。

異空間より何者かが出てこようとしているそのとき、不毛な争いに三人目が割って入ってきた。

「よーし！　じゃあ僕も参戦しようかな！」

一触即発の空気に乗じ、意気揚々と少女型機械生命体――プロトが参戦を表明した。

「下等生物と僕、どっちが上かそろそろハッキリさせたいしね」

腕を突き上げると、ブレスレットに嵌《は》め込まれた金属片が青白く輝きだす。

だが、本気を出せば一国を滅ぼせる者たちのしょうもないじゃれ合いは、始まることなく終わりを告げた。

「ほう……。決着をつけたいということなら――某《それがし》も交ぜてもらおうか」

「今日のところはこれくらいで勘弁してあげますよ」

「次はぶっ殺す」

「やれやれ、命拾いしたね」

殺気を放つ暗殺者少女――ジンに恐れをなし、三人は即座に停戦を表明する。異空間も慌てて閉じた。抜かれた刀と妖しく光る赤い眼からやんわりと視線を逸《そ》らすも、内心では死ぬほど焦っていた。

「まったく……。下らん戯れをするでない。ツツミが腹を空《す》かせておる。さっさと用事を済ませるぞ」

「暴れたから……お腹《なか》が、空いた……」

腹を鳴らしながら、生体兵器少女――ツツミは空腹を告げる。消え入りそうな儚《はかな》い声色とは裏腹に、断固として何かを食べるという決意が表れていた。

「はあ……んじゃ、さっさとやることやるか。女神様は『魔王を倒して』『世界を救う』ことをお望みだしな」

「ええ、まだ『世界を救う』が残ってますもんね。やっと首輪が外れたことですし、これで思う存分世界を救えます」

少女たちは楽しくて仕方ないのか、頬《ほお》が緩む。

世界を救う。

その言葉の裏側にある意味を、言わずとも理解していた。

進むべき道は見えている。

「思う存分、『理不尽』を焼き尽くせます」

「お前はホント、そればっかだな」

「当然です、これが私ですから」

「まあいいけどよ」

どうしようもないくらいにエゴにまみれ、どうしようもないくらいに自分らしい。そんなとある夢物語を、はみ出し者たちは『世界を救う』という手段で成し遂げようというのだ。

「ってことで、まずは記念撮影しようぜ、燃える魔王城を背景によ」

サイコはポケットからスマホを取り出す。

進むべき道は見えているが、さっそく脇道に逸れた。

「燃えてる人の家の前で記念撮影するとか、どうかしてるんじゃないですか？」

あまりにも非常識。

「ちょうどライトアップされてるし、『フォトジェニック』っつーやつだな」

魔王城は朝日と業火によって絶賛ライトアップ中だった。

「こんな野蛮な『フォトジェニック』見たことないですよ……」

そう言いつつ、ホムラは戦いで乱れた髪を整え始める。

もとより小匙《こさじ》一杯分にも満たない罪悪感は、とうに消えていた。

「というか、なんでスマホ持ってきてるんですか」

「むしろ今使わねえでいつ使うんだよ。このときのためだけにバッテリー温存してたんだぞ」

さも自明の理であるかのように嘯《うそぶ》いてみせる。

サイコは、陰湿な所業の準備は怠らないことを信条としていた。

「人間性が終わってますね……」

ゴミでも見るかのような、そんな目で見やる。

「お前には撮った写真見せてやらんからな」

「燃やした家の前で記念撮影、最高ー！」

熱い手の平返し。人間ランクが加速度的に落ちていく。

「人間性終わってんな……」

互いに互いを下であると思っているが、どちらも底辺である。差はない。

五人は肩を寄せ合い、朝日と業火によって煌々《こうこう》と照らされた魔王城を背景に微笑《ほほえ》む。

異世界において写真を現像する手段はなく、バッテリーが切れればそれを見返すこともできない。

「セイ、チーズ！」

シャッター音。

それでも少女たちは、成し遂げた偉業と、これから成し遂げる偉業の繋《つな》ぎ目を写真という形で切り取るのだ。

「それにしても……ここまで来るの、長かったですね」

「だな」

写真を撮り終えると、唐突に懐古の念に駆られた。

異世界での旅路は血腥《ちなまぐさ》く、平坦《へいたん》なものではなかった。

それでもその道程は「良かったもの」として記憶の底から蘇《よみがえ》ってくる。自分らしく生きるために、足掻《あが》きに足掻いたからだ。

少女らは、これまで歩んできた道を振り返る。燃やした魔王城の前で。

一章　『人選を間違った異世界の女神』

The Devil's Castle,
Burning By my flame the world bows down

果てなく広がる清白《せいはく》な空間。

穂村朝日《ほむらあさひ》は気が付くとそこにいた。

「……ん、あれ？　ここ、どこ？」

辺りを見渡すその目は、赤みがかった髪で片方だけ秘されている。

あまりにも白く、壁や天井があるのかすら分からない。床があることだけは、足から伝わる硬い感触が教えてくれる。遠近感と平衡感覚が狂ってしまうような場所だが、しっかりと足で立っているのが不思議だった。

もしかすると、ここが天国というところなのだろうか。

少女は自分の頭を撫《な》でた。血は出ていないし、頭も割れていない。かといって、あの浮遊感と逆さまに映る校舎はしっかりと脳裏に焼き付いている。

異世界でなければ、ここが死後の世界ということは確かだ。

見上げてみると、神様が見下ろしているのかもしれない。ぼんやりとそんなことを考え、何とはなしに視線を上げてみると——。

「…………え？」

今の今までそこにはなかった巨大な一つ目と、それはもうばっちりと目が合った。

向こうも驚いているのか、見開いた目をぱちくりと瞬《まばた》かせている。

淡い金色の瞳はまるで月のようで、不気味ではあるが神々しさも感じられた。不思議と恐怖心は湧いてこない。

だが緊張にも似た視線の交わりは、唐突に断ち切られることになる。

「ああ？　地獄のエントランスにしては綺麗《きれい》だな。清掃中か？」

粗野な声に気を取られた一瞬のうちに、空に浮いた目は消えていた。

自分のほかに、少女が四人。

それぞれが着ているのはおそらく制服で、体格からすると全員中学生か高校生のように見える。

ただ、容姿が少々普通ではない。

先ほどの声の主はこの場で一番派手な少女で、どうやら地獄に落ちる自覚があるらしい。ということは、ここは天国ではないのかもしれない。

雑に纏《まと》められた短めのボサボサ髪は金色だったが、日本人離れした顔立ちからすると地毛だろう。だが、金髪であることなどどうでもよくなるくらい、目を引く恰好《かっこう》をしていた。

まず、地味な黒縁眼鏡が掛けられた耳はピアスだらけだった。攻撃力の高そうな棘《とげ》状のピアス。そして、制服の首元からは黒一色の刺青《いれずみ》を覗かせている。そして、何故《なぜ》か着ている白衣のポケットに手を突っ込んでいた。

見た目で人を判断するなと学校で教わったが、これは見た目で判断してもいいような気がする。危ない人だ。絶対危ない人だ。

推定危険人物に戦々恐々としていると、澄んだ声が耳に届いた。

「ここは地獄でも天国でもありません。ですが、現世と隔絶された場所ということには変わりはありません。あなた方は既に死んでしまっているのですから」

少女たちの疑問に答えたのは、いつの間にかそこにいた六人目の少女だった。編み込みのあるブロンドの髪と月のような目が美しく、ゆったりとした白いローブを着ている。見た目に反して、大人びた口調と雰囲気。可愛《かわい》い。

「じゃあなんだ、お前は死後の世界の案内人か？」

ピアス少女が食いついた。物怖《ものお》じしないタイプなのか、唐突に現れた少女に対しても、自分たちが既に死んでいるということに対しても動じていなかった。

立て続けの急展開に困惑しているのが自分ともう一人、この場で一番小柄で病的な肌色の少女。残りはどっしりと構えている。どうしてこの状況で落ち着いていられるのか。

「いいえ、私はこの世界を創った——あなたたちの言葉で言えば『神』と呼ばれる存在です。といっても、あなたたちがいた世界とは異なる世界の、ですが」

何を言っているんだろう。そう思ったが、今しがた空に浮かんでいた目を思い出す。

超常的な存在がいることは確かで、目の前の少女も月のような瞳をしている。もしかすると、この少女の本当の姿が「空に浮かぶ目」なのかもしれない。

一方でいよいよアホらしくなったのか、ピアス少女は嘆息しながら、足を投げ出して地べたに座った。

「んで、その異世界の神様とやらがアタシに――アタシらに何の用だ？」

理解は追いつかないが、とりあえず話を進めようということなのか、ピアス少女は投げやり気味に疑問をぶつける。

女神は一度息を整え、全員をしかと見つめて言った。

「私の世界を、魔王の手から救っていただけませんか？」

おそらく、全員の思考が一時停止した。それでも女神は話を続ける。

「私の世界には今、強大な悪――魔王再来の兆しが見られるのです。あなた方のような普通の女の子たちにこのようなことを頼むのは心苦しいのですが、どうか魔王を倒し、世界を救ってはいただけませんか？」

女神の声には、懇願の色が滲《にじ》んでいた。どういう状況なのか未《いま》だに理解出来ていないが、その思いが本物だということは理解出来た。だが、それでも真に受けないものもいた。

「なんだこのチープな展開……B級映画かよ」

「異世界転生ですから、どちらかというとライトノベルじゃないですかね……？」

今流行《はや》りの異世界転生もののような展開だったので、思わず口を挟んでしまった。

「まあどっちでもいいが、『普通の女の子』のアタシには荷が重いな。ほか当たってくれ。異世界の住人がどうなろうとどうでもいいしな」

「そう……ですよね……」

女神は目を伏せた。どうにかしてあげたい気持ちはあるが、荷が重いのも確かだった。ただの女子高生に救世を願われても、どうしていいのか分からない。

それでも、ピアス少女のあまりの言い草に何か言ってやりたい気持ちはあった。だが、口を挟んだのは別の少女だった。

「ほう、自分が『普通の女の子』とな？　目を見れば分かる。見慣れた目だ。おぬし、人を人と思わぬ外道であろう。見たところ科学者のようだが、これまでに何人使い潰してきた？」

今まで腕を組んで黙っていた少女だった。

切れ長の目と後頭部でまとめた艶やかな長髪が特徴的な、少し長身の少女。時代劇のような口調で、腰には何やら刀のようなものが下げられていた。今はその鋭い目で、ピアス少女を射殺さんばかりに睨《にら》んでいる。

殺気というものを初めて感じた。

空気が痛いほどに張り詰める。

「なんだ、サムライガール。使い潰して何が悪い。そっちこそクズと断じた人間を人間として見てないだろ。……お前、今までに何人斬った？」

ゆらりと立ちあがり、睨み返す。

使い潰したとか、何人斬ったとか、一体何の話をしているのだろうか。ただ分かるのは、それが日本の暗闇の部分だということだけ。

「いちいち数えてはおらんが……今、一人増える」

そう言うと、腰に下げていたそれを抜いた。照り返しの鈍い、黒塗りの刀身。珍しい意匠だが、紛れもなく日本刀だった。

殺気と嫌悪がぶつかる。この場にいるだけで張り詰めた空気に押しつぶされそうになる。

二人が怖いからか、小柄な少女が後ろに隠れてきた。

一方もう一人、奇妙なヘッドホンのようなものを着けた少女は、微動だにしていない。落ち着いているにもほどがある。

今にも死人が出そうな事態になってようやく、女神は自分の過ちに気づいた。

「あの……もしかして私、やっちゃいました？」

「そりゃあもう、盛大に……」

集められた五人。少なくとも二人は『普通の女の子』などという、潑剌《はつらつ》可憐《かれん》な存在とは程遠かった。それはまさに少女の皮を被った『危険』そのもの。一寸たりとも疑う余地のない人選ミスだった。

一歩、また一歩。抜き身の殺意が近づいていく。白い床が血で赤く染まる前に止めなければ。

「ととと、とりあえず！　とりあえず自己紹介とかどうですかね！　ほら、色々と誤解かもしれないですし、ね？」

二人は動きを止めたが、代わりに鋭利な視線を刺してきた。生きた心地がしない。

さようなら、生の実感。こんにちは、死の予感。

無言の圧力は胃液を逆流させようと、容赦なく胃をキリキリと刺激してくる。このままでは白い床をゲロで黄色く染めてしまう。

苦し紛れに提案した、刃傷《にんじょう》沙汰回避のための自己紹介。だが、それに乗ったのは意外にもピアス少女の方だった。

「はあ……、しょうがねえな。……サイコ」

ピアス少女は、面倒くさそうに頭を掻《か》きながら言った。

「へ？」

「名前だよ、名前」

「サイコ……。あー、なるほど……」

サイコ。名は体を表す、とはこういうことか。

「なに納得してんだ！　才能の『才』に子供の『子』で『才子』だからな！　半分日本人なんだよ！」

「うえぇっ！　ごめんなさい！」

相当失礼なことを言ってしまった気がする。

「まあ、確かに研究のために人間扱いしてはいなかったが……そこはほれ、被験体は死刑囚だし、良くね？」

「ふむ、そういうことか……。いやしかし……」

悪に対する悪行はグレーゾーンらしく、断罪するかどうか悩んでいる。個人的には黒だと思う。

「研究ついでに罰を与えてるってだけさ。殺す前に世間様の役に立てようってんだ。むしろ善行と言ってほしいね」

悪行だという評価は心外だと言わんばかりに肩をすくめた。だが本気で言っている訳でもなく、にたにたと口元を歪《ゆが》ませている。

「善行とは思えぬが、おぬしの言い分に一理もない訳ではないな。ひとまずこの件は鞘《さや》に収めるとしよう。それと、先ほど失礼なことを言ったことを詫《わ》びねばならんな。すまない」

「いいっていいって。こっちこそ挑発してすまんな」

サムライガールは刀を鞘に収め、サイコはへらへらとした笑顔になった。

「え、いいの？　あと、これ日本の話ですよね？」

傍《はた》から聞いている分には困惑しかない会話だった。『誤解』はほとんど事実なうえに、日本の闇を垣間《かいま》見たような気がした。死刑囚を使って何の研究をしているんだ。あと、サムライガールが言いくるめられたようにしか見えなかった。

「某《それがし》の名はジン。『刃《やいば》』と書いて『ジン』だ」

「物騒な名前だな、おい」

「暗殺者としての通り名だ。こちらの方が呼ばれ慣れておる」

「ねえ、これ日本の話ですよね？」

死刑囚を使った実験に暗殺者。正直話についていけてなかった。ただでさえ異世界だとか魔王だとかいうファンタジーを浴びせかけられているのに、追加でリアルな闇を浴びせかけられている。

「どこからどう聞いても日本にありふれたガールズトークだろ」

「ガールズがトークしてたら『ガールズトーク』っていう訳じゃないですからね？」

「ははっ、冗談冗談。んで、片目おっぱい、お前の名前は？」

「おっぱ——！」

思わず胸を腕で隠してしまう。

確かに片目を隠していること以外は胸が大きいことくらいしか特徴がない。大きいと言っても、この場では一番大きい、という意味でだ。それほど大きいわけではない。

「私は穂村……。穂村あさ——」

「『ホムラ』か。意外と格好《かっこ》いい名前してんな。後ろのちっこいの。お前は？」

「いや、それは苗字《みょうじ》で……あっ、もう聞いてない……」

訂正しようとしたが、サイコの興味はもう移り変わっていたので、その訂正も消え入った。

苗字を名前と思われるのは妙な感覚だったが、確かに格好いい名前のようにも聞こえる。

まあ、どうでもいいか。ホムラでいいや。

「名前は、つーかその肌色、人間か？」

怪訝《けげん》な顔でサイコは覗《のぞ》き込み、言われた少女はホムラの後ろに完全に隠れてしまった。

「なんてこと言うんですか！　肌がちょっと灰色に見えるくらい色白なだけですよ！　きっと悪魔っ娘《こ》かなにかなんです！　ダークエルフでも可！」

「それ人間じゃねえじゃねえか！」

小柄少女はさらに縮こまると、ぽつりと呟《つぶや》いた。

「にひゃく……」

「二百？　二百がどうしたの？」

「名前……。にひゃく、にじゅうさん……」

名前が『にひゃくにじゅうさん』……？

「個体番号か？」

サイコが何かを察したように訊《き》いた。少女は額をホムラの背中に押し付けたまま、こくりと頷《うなず》いた。

「個体番号って、何のですか？」

「人型生体兵器開発実験の産物の、だ。その姿《なり》を見るに、遺伝子操作による生体兵器だろ。いやあ、懐かしいもん見れたわ。死んでみるもんだな」

サイコは感慨深そうに頷く。

「失敗作だから、廃棄、されたの……」

「まーた日本の闇を浴びせてくるー」

そういう事実を死んだ後に知らされるというのは、逆に幸運だったかもしれない。生前に知ってしまっていたら、世界に怯《おび》えながら暮らしていたに違いない。

だがそんな生体兵器でも、いつまでも番号で呼ばれるのは可哀《かわい》そうだ。

「そうだ、番号で呼ぶのもなんだし、お姉ちゃんが名前つけてあげる」

ホムラは振り返り、少女の手を握った。

「本当？」

「本当本当」

個体番号以外の名前を貰《もら》えると聞いて、少し顔が明るくなった。あどけない顔。バサバサと乱れた髪の間から覗く不思議な色の瞳は、ホムラをじっと見つめている。

「んーとね、『223』だから……。そうだ、『ツツミ』でどう？　可愛《かわい》いでしょ」

「223《ツーツーみ》ってか？　適当すぎんかー？」

金髪がうるさい。

「ツツミ……ツツミ……。うん、ツツミ」

兵器少女は噛《か》み締《し》めるように何度も呟くと、えへへと笑った。

「よろしくね、ツツミちゃん！」

ホムラはツツミに抱きつくと、ツツミも手を回してきた。ツツミの薄い体はひんやりとしていたが、温かみを感じた。

「はいはい、お涙頂戴は後回しにしてくれ。まだ一人残って……ん？　おい、こいつも人間か？」

「またそういうこと言って。そんなに失礼なこと言ってると嫌われますよ」

「いやいや、そういう問題じゃねえから。見てみ？」

ホムラは抱擁を解くと、最後の一人に目を向けた。

ツツミほどでは無いが小柄。水色がかった銀色の髪は短めで、ボーイッシュな印象を受ける。この状況でもいやに落ち着き払った冷静な女の子。ただ、違和感しかなかった。

「どこからどう見ても可愛い女の子……じゃ、ない……？　人形？」

「ほらな？」

あらためて見てみても微動だにしていない。呼吸をしている様子もなく、本当に微動だにしていなかった。

ホムラは顔を覗き込んだ。顔の造形は素晴らしく精緻で、一見すると本物の人間のように見える。だがそれでもやはり、生身を再現出来ていない部分もある。柔らかそうに見えた肌は、近くで見ると硬そうにも見えた。長いまつ毛に縁取られたぱっちりとした目も、作り物のような光沢があり、瞳には脈動するように光が明滅している。

「何なんでしょうかね、これ」

ホムラは人形の顔をつついた。表面はぷにぷにと柔らかいが、やはりすぐ下には硬い感触がある。

「アップデート中に顔をつつくなんて不躾《ぶしつけ》だね。まったく、これだから下等生物は……」

「ほぁっ！」

突然不機嫌そうな顔をして喋《しゃべ》り出した人形にホムラは驚き、跳び退《の》いた。

その少女（？）は先ほどとは打って変わって滑らかに動いている。が、それでも呼吸をしている様子はない。

「一応話は聞いていたよ。自己紹介だったね。僕はメイド型機械人形の試作機。名前はまだない」

「マジで日本は何してるんですかね？」

「まさかここでアンドロイドが出てくるとはな。なんだこのイロモノパーティー」

僕っ娘メイドロボとは、属性盛り盛りである。ということは、側頭部の装置はヘッドホンではなさそうだ。そして、そこはかとなく生意気そうなのが得点高い。

「アンドロイドとは違うんだけど、まあいいや。名前は呼びやすければ何でもいいよ」

「じゃあ、試作機だから『プロト』な」

「適当すぎませんかねー」

「呼びやすかろ」

「君たちがいいなら、それでいいよ」

一瞬で名付けたサイコに対し、ホムラは物申した。もう少し可愛い名前を付けたかった。

「んで、この面白メンバーの五人で魔王とやらを倒せってか？」

「……え、ええ！　協力してくれると嬉《うれ》しいのですが……」

完全に置いてきぼりを食らっていた女神が、ようやく言葉を発した。しかし尻すぼみしていく言葉からは、困惑と不安がありありと読み取れた。

「戦えそうなのはジンくらいだが、大丈夫かあ？」

「僕だって人間くらいなら余裕で潰せるよ」

物騒なメイドロボだ。

「おっと、殺戮《さつりく》マシンも追加か。いいね」

こんなメンバーで本当に魔王とやらを倒せるのだろうか。

自分も普通ではないとはいえ、役に立てる自信はない。

「魔王を打倒し得る素質のある者を選んだつもりです。自分勝手なお願いとは分かっています。それでも私は、私の世界を救いたいのです」

「うーん……まあ、どうせ死んだんだし、魔王退治やってみるのもいいか。楽しそうだしな」

楽しくはないと思う。いや、どうだろうか。

「そう気楽に引き受けてもらうのはちょっと違う気もしますが……信じていいんですね？」

「大丈夫大丈夫、信じろ」

サイコは最高に胡散《うさんくさ》臭い笑顔で答え、女神は何かを諦めたような顔になった。心を強く持ってほしい。

「だが言葉だけで済む頼み事じゃねえから、とりあえず跪《ひざまず》いてもらわねえとな」

最低なことに、最高に胡散臭い笑顔を一転させ、今度は邪悪な笑顔を女神に向けた。

「た、確かに、言葉だけでは公平とは言えませんね……」

あろうことかアホの言うことを真に受け、女神は膝を屈し始める。

「ちょちょちょ、ちょっと待ってください！　そこまでしなくてもいいですよ！」

ホムラは女神の膝が曲がり切る前に駆け寄り、立ち上がらせた。

「言っていい冗談と悪い冗談がありますよ！」

「言っちゃ悪いって分かってるから言ってんだろうが！」

「この人どうかしてるんですけど！」

前途多難な予感を察知し、ホムラは声を荒らげるほかなかった。

「ものすごく久しぶりに『嫌い』って人に言いそうですよ、私」

「好かれるだけが人生じゃねえからな。それ以上に大事なもんを守るためなら、嫌われたって構わねえ！」

芝居がかった身振りで熱弁するが、それが嘘《うそ》であることはホムラには丸分かりだった。

「そんなこと言って誤魔《ごま》化《か》そうとしてますね！　からかいたいだけでしょ！」

「えへっ！」

サイコはふざけた顔で舌をぺろっと出した。

「こいつぅ……！」

思わず口が悪くなりかける。なんだこいつは。

「いいのですよ、このくらい。それくらいのことを頼んでいるのですから」

「それは……そうですけど……」

身に余る重い選択肢。従っても自分に利益のない選択肢。

ホムラは女神の言葉に何も返すことができなかった。

正直、跪かれた程度では割に合わないということは確かだ。

それでも――。

「……それでも、私は引き受けます。ちょうど人助けがしたかったところですしね」

女神の表情が、にわかに明るくなる。

「まあ、前世に未練とかないですし、『魔王を倒して世界を救う』っていうのも、ゲームみたいで楽しそう……っていうのもあるんですけどね？」

「…………」

女神の表情が、にわかに暗くなる。

「……ほかの方はどうでしょうか？」

「構わん。悔いの残るような生き方はしておらんからな」

ツツミとプロトも無言の頷きで続く。

「そ、そうですか……」

人選に対する女神の不安は加速度的に膨れ上がっていた。どこか異常で、なにか欠落している少女たち。

「皆さんの意志、確かに受け取りました。それでは、こちらの扉を開けてください」

女神の傍《かたわ》らに、柔らかな光が広がっていく。その光の中から、純白の扉が現れた。

「ったく、雑な導入だな。まさかサメとゾンビだらけのB級世界じゃねえだろうな」

「いることにはいますけど……」

「いるのかよ」

サイコが先頭に立ち扉を開くと、光が溢《あふ》れ出した。輝きを増していく光は、ついには五人を包み込んだ。温かく、引き込まれるような光。

ろくでもない面々とともに、ろくでもない世界を旅する。ろくでもない出来事しか起きない予感はあったが、ホムラは心を躍らせていた。

きっと、この旅は楽しい。

二章　『誠実漢の受難』

The Devil's Castle,
Burning By my flame the world bows down

またもや気が付くとそこにいた。今度は森の中である。

木漏れ日は暖かく、通り抜ける涼しげな風は草木の匂いを運んでくる。立っている場所は何かの遺跡なのか、苔《こけ》むした円形の石床と、崩れた柱がいくつもあった。

「あれよあれよという間に異世界に来ましたね……」

身体や服装を確かめてみる。

「あれ、そのままの姿なのか……」

一回死んだものの、どうやらそのままの姿で異世界に来たようだ。これは異世界『転生』なのか、異世界『転移』なのか、はたまた異世界『召喚』なのか。ジャンルはどうあれ、異世界《ファンタジー》に来たのは紛れもない事実だ。

「異世界っつーからもっととんでもない世界期待してたが、面白みのねえ景色だな。本当に異世界か、これ？」

辺りを見渡す。確かにこれといった異世界要素はない。当たり前のように呼吸が出来、自然があり、太陽が昇っている。

「これからですよ、これから。きっとすぐにスライムとかゴブリンとか出てくるはずです」

半ば期待を込めてホムラは言った。

「いや、初めのうちは草むらにサメの背びれが一瞬通り過ぎるだけだぞ。そんで後々クッソしょぼいCGのサメが出てくる」

「意味分からないですし、地上にサメがいるわけないじゃないですか……」

このアホ眼鏡はいったい何を言っているのだろうか。

ともあれ警戒するに越したことはなく、引き続き辺りを見渡す。

そこでふと気付いたのが、身体に微《かす》かな違和感があるということだった。その違和感の正体は分からないが、妙に身体が軽いというか、力が漲《みなぎ》っているというか、そんな感覚が漠然とあった。

不思議な感覚に気を取られていると、突然ジンが遥《はる》か遠くに目を向けた。

「争いの音だ。先に行っておるぞ」

耳を澄ますと、自然の音とは違う音が微かに聞こえた。

「おい、一人で勝手に――足早っ！」

サイコの制止に目もくれず森の中へと身を投じたジンは、すぐに姿が見えなくなった。

常人の域を逸した駿足《しゅんそく》。自分が知らないだけで、暗殺者はこういうことが出来て当然なのだろうか。

状況が分からない今、バラバラになるのは危険だ。

「うーん、センサーが不調っぽい。うまく生命反応が探知できないから周囲の状況がよく分かんないや」

プロトは、耳の部分に付いているヘッドホンのような装置をこつこつと叩《たた》く。

SFめいた単語に心躍るが、今はそれどころではない。

「とりあえず私たちも行きましょう!」

「アタシらが行ったところで何も出来んけどな」

ホムラたちも走り出した。

妙な身体の軽さと、ジンの異様な足の速さ。もしかして異世界に来たことによって身体能力が高まったのではと思ったが、全然そんなことはなかった。急に激しく走ったので脇腹が痛い。

「脇腹が痛ーい!」

走ると脇腹が痛くなるメカニズムが切実に知りたい。

道なき道。ほとんど初めて整備されていない道を走っている。走るのにこれほど草木が邪魔だとは思わなかった。

必死に走り続け森を抜けると、道に停《と》まる幌《ほろ》馬車が見えた。そしていくつもの死体も——。

「おお、おお。やってんねー」

「まだ数人隠れておる。気をつけよ」

ジンは、道を挟んで向かい側の森の中を見つめている。

刀を振り、血を払うジン。地面に血の飛沫《しぶき》が吸い込まれていく。血溜《だ》まりや幌に染みた血が鉄臭いにおいを放ち、ホムラは思わず鼻をつまんだ。

数人の死体のうち、首がすっぱりと斬り落とされているものは、ジンの仕業だろう。すべて身なりの悪い男だった。盗賊か何かだろうか。

他の死体はおそらく馬車の御者《ぎょしゃ》と、護衛の兵か。馬車馬も倒れ伏し、動く気配がない。全員矢が刺さっていたり、剣で斬りつけられた跡があった。

護衛と思《おぼ》しき男は金属製の全身鎧《よろい》を身に着けていたが、人数で圧倒され、手も足も出なかったのだろう。ガードの薄い関節部分などから血が流れ出ている。

護衛が一人しかいないということが、ここが本来それほど危険な場所ではないということを示していた。

「まさか初戦闘が人間相手だなんて……。スライムとかいないの……？」

これまで目の当たりにすることのなかった、人同士の殺し合い。ホムラは平和とは縁遠い異世界の洗礼を受け、その場にへたり込んだ。

「そこは危ないぞ。馬車の陰に入っておれ」

「は、はい！」

ジンに促され、ホムラはようやく我に返った。だが、情けなく四《よ》つん這《ば》いで馬車へ寄ろうとするホムラめがけて、矢は既に放たれていた。

「あ……」

ホムラはまるでスローモーションで見るように、飛んでくる矢《死》をゆっくりと眺めていた。

突然のことで、何が飛んできているのかすら分からなかったが、目に映るそれは自分に向かってきていて、死をもたらすものだということは理解出来ていた。

しかし、今まさにホムラを射貫かんとしたとき、矢はぴたりと止まった。

「……あれ？」

「気を抜くと死ぬぞ」

飛んでくる矢を、ジンが素手で摑《つか》んでいたのだ。人間離れした業。

飛来してきた方に向けて、ジンは矢を勢いよく投げ返す。矢が放たれた先、茂みの中から男の呻《うめ》き声《ごえ》が聞こえたが、すぐに聞こえなくなった。

「おそらく、あと三人だ」

ジンが周囲を見渡すが、盗賊たちは息を殺しているのか茂みの中から不審な音は聞こえてこない。

相手の位置が分かっていれば、反撃されても対処できる可能性があるが、分からない以上下手に動くのは下策だった。

動くに動けない状況を打開したのは、まさかのサイコだった。

しかも最低な方法で。

「おーいッ！　そんな風に隠れてっと、お仲間が寂しがるぞーッ！」

あろうことか、サイコは馬車のそばに転がっていた盗賊の生首を茂みの中に放り投げたのだ。

「ひぃッ！」

血を撒《ま》き散らしながら宙を舞う生首は、茂みの中からでもよく見えたのだろう。盗賊たちは自分たちの末路を予感したのか、小さく悲鳴を漏らしてしまった。

「そこか」

居所を特定したジンは、弾かれるように茂みの中に飛び込んでいった。

するとと、隠れていた男たちは一斉に逃げ始めた。手にはクロスボウを持っていたが、敵《かな》わないと悟ったのだろう。一矢報いようともしない。

「機転の利かせ方が最悪なんですけど！」

「わはははは！」

勝利を確信して楽しくなってきたのか、サイコは馬車の陰に隠れようともせず、大笑いし始めた。狂人のやることは理解出来ない。

「殺せ殺せ、皆殺しだ！　一人残らず首を刎《は》ねろ！　身包《みぐる》み全部引っぺがして金目のものは全部奪え！」

サイコの野蛮な発破が響き渡り、森の方からはジンによる虐殺の音が、賊たちの命乞いとともに届いてくる。命乞いの言葉は決まって最後まで紡がれることはなかった。

戦うことのできないホムラは、馬車の陰で息を潜めるしかなかった。鼓動は激しく、耳元に心臓があるのではないかと思えるほどに心臓の音は大きい。

自分が死と隣り合わせになっているという恐怖。だが胸の高鳴りは、恐怖によるものだけではなかった。なんだかよく分からない感情が渦巻いている。

その奇妙な心地の実態を手繰り寄せようとしたとき、手に生温かいものが触れた。それは首無し死体から流れ出る血であった。流れ続けていた血は、馬車の反対側からホムラの手に届くほどの量になっていたのだ。

ホムラは慌てて血溜まりから手をどけ、スカートで拭った。そしてホムラ自身も何故《なぜ》そうしたかは分からないが、馬車の下を恐る恐る覗《のぞ》き込んだ。ジンに任せていれば安全だという気持ちが、怖いもの見たさを助長したのかもしれない。

覗き込んだ先で見たのは、賊の首の断面だった。見事にすっぱりと斬り落とされた首は、その断面を鮮明にしていた。血で汚れているとはいえ、色々なものが見えてしまっている。

「うぉえええええっ、断面グロっ！」

ホムラは吐いた。辺りに血の臭いと胃液の臭いが漂う。

「だ、大丈夫……？」

一緒に隠れていたツツミがホムラの背中をさする。健気《けなげ》すぎて鼻血も出そうになった。可愛《かわい》い。

ツツミは死体を見ても平気そうだった。むしろ、目に焼き付けるように見ていたのは、生体兵器としての感性からくるのだろうか。

「あはっ、どうしたどうした。刑事ドラマの新米刑事《デカ》みてえな反応だな。役者でも目指してんのか？」

茶化《ちゃか》してくるサイコ。

「うぉえええええっ！　殺人現場に居合わせた一般人の反応ですよ！」

死体を見て吐く姿のどこが面白いのだろうか。

ホムラが恨めしく思っていると、ほどなくしてジンが戻って来た。何人もの賊を屠《ほふ》ったというのに、見事に返り血一滴も浴びていなかった。

賊の声が聞こえてくることは、もうない。

「ごめんね、僕も戦いたかったんだけど、変なノイズがあってセンサーが正常に働かなくてさ……」

プロトの言う変なノイズというのは、自分が身体に抱いている違和感と同じようなものなのだろうか。ホムラは考えてみたが、その答えにたどり着くはずがなかったのですぐに考えるのを止めた。

「気にするな。某《それがし》一人で事足りた」

「おいおい、アタシの天才的な作戦のおかげだろ？」

「そうだな。次はおぬし自身の首を使ってくれると助かる」

「もー、ギスギスするのやめましょうよー」

異世界での初戦闘を終え、全員の気が緩んでいたその時だった。先ほどからずっとガタガタ小さく揺れていた馬車の中から、幌を掻《か》き分け、ずんぐりとした全身鎧を着こんだ戦士が飛び出てきたのだ。

「小娘に助けられてばかりではいられん！　盗賊どもよ、このグルドフが相手をするぞ！」

ひと時の静寂が訪れた。

「あのー、もう終わりましたけど……」

「そんなはずはない。あの人数だ。まだそこいらに隠れているはずだ」

ホムラはおずおずと状況を説明したが、ずんぐり戦士は信じられないようで、手に持った重厚な戦鎚《せんつい》を構える。

「一人残らず死体になってるぞ、おっさん」

「いやいや、そんなはずは……」

再び静寂。

「……え、本当？」

全員が頷く。

「まさか私が着替えている間に全員討ち取ったというのか……。信じられん……」

兜《かぶと》のバイザーを上げると、ふくよかな輪郭のおじさんの顔が現れた。

顔立ちはわりとはっきりしているが、ふっくらとしているせいで格好《かっこ》いいとは言えない容貌になっている。

「だが、皆やられてしまったか……」

馬車の傍《かたわ》らで動かなくなった同行者に目を向け、憐《あわ》れむ。グルドフと名乗った男は胸に手を当て、目を伏せた。この世界の弔い方なのだろう。

「おっさん一人だけでも生き残ったんだ。十分儲《もう》けもんだろ」

「確かにな……。ここも盗賊どもが出てくるような場所になってしまったのか。嘆かわしいが、それ以上に己の無力さが腹立たしいよ……」

　グルドフの顔には悔しさが滲《にじ》んでいる。

　治安が悪くなったのも、魔王が関係しているのだろうか。

　これからこの世界を救わなければならない。あまりにも突拍子もないことだったので、使命を帯びている実感はなかった。それが少しずつではあったが、ホムラの心の中にはっきりとした像を結び始めた。

「っつーことで、謝礼として衣食住と金を提供しろ。情報もだ。どうせ金持ちだろ、おっさん」

「この流れでそれ言うかね！」

　サイコは人の心を持ち合わせていないらしい。

　グルドフは予想だにしない流れからの謝礼要求に驚愕《きょうがく》していたが、ジンがそれを遮った。

「謝礼など構わん。こちらが勝手に助けただけだ」

「あっ、おい。タダで人助けするなんざ不毛すぎるだろが。アタシらには先立つ物が何も無いんだぞ？」

　ところが男は義理堅いようで、見ず知らずの者たちにも恩を返すのが当然とばかりに答えた。

「いや、助けてもらったことは事実だ。きちんと謝礼はしよう」

　義理堅すぎて少々危ういとホムラは思った。自分たちが相当怪しい集団だと自覚しているからだ。

「……そうか、助かる」

ジンが恭《うやうや》しく一礼する一方、お望み通りの運びになり、サイコはニタニタとした笑顔になった。なんて邪悪な笑顔なんだ。

「ただ、その前にこやつらの墓を作ってやらねばな。国に連れ帰って埋葬したいのはやまやまだが、この人数だ。馬車を軽くせねばならん」

グルドフは痛ましい面持ちで、亡骸《なきがら》に目を向ける。

「分かった。そちらも手伝おう」

そのことに対しては、サイコは何も口を挟まなかった。

墓は道から少し外れたところに作ることにした。比較的木がまばらで開《ひら》けており、二人分の墓穴を掘るには十分な広さの場所。

それでも問題はある。まともな道具があったとしても、墓穴を掘るというのはかなりの重労働である。野生動物に掘り起こされることを覚悟で、浅い墓穴を掘るしかない。盗賊と再び遭遇する可能性を考え、そういう結論に至った。

……至ったのだが、そこで穴掘り役に名乗りを上げたのはプロトだった。

「穴を掘るくらいなら僕に任せて。多分僕が一番力持ちだから」

そう言うと、プロトはグルドフが持っていた戦鎚を勝手に取ってきた。きっとろくなことが起きない。

「それは穴を掘るための道具じゃないぞ。そもそも、君みたいな小さな子が扱えるものじゃな

い。返しなさい」

「やれやれ、非力な下等生物と同じにしないでほしいね」

プロトは全員を離れさせると、思いっきり戦鎚を振りかぶる。すると、スカートの中から青白く発光するワイヤーが地面に向かって何本も射出され、プロトの身体を地面に固定した。

そして戦闘機の飛行音のような、甲高く鋭い音がプロトの内側から響き始める。

「いくよー。せー……――のっ！」

次の瞬間、プロトの足元の地面が、轟《とどろ》く地鳴りとともに消え去った。

まったく見えなかったが、いつの間にか戦鎚を振り抜き、地面を抉《えぐ》り飛ばしていたらしい。

その衝撃は見ている者の身体の芯まで震わせ、ホムラは思わず腰を抜かした。

森の動物たちも慌ただしく逃げ、しばらくの間騒がしい鳴き声が六人を包み込んだ。その凄《すさ》まじい光景に、目を丸くしなかったものは誰一人いなかった。

ぽっかりと開いた巨大な穴。二人の墓穴どころか、馬を入れてもなお余裕のある墓穴が用意できた。ついでに、埋めるときに使う土も吹き飛んだ。

「細かい作業は苦手でね。あとは有機物の君たちに任せるよ」

「この脳筋マシンめ……」

サイコの毒づきに、ホムラは珍しく首肯した。

墓穴掘りは盗賊たちの分にまで及ぶ。こちらは弔いというより、野生動物のエサにならないようにする意味の方が強かった。

墓標も何もない墓に向き合い、グルドフは亡き仲間へ弔いの意を表す。

少しの間、沈黙があった。

「じゃあ、埋葬も終わったことだし、謝礼の話をしますか」

その沈黙をサイコがぶち破る。せっかく黙禱《もくとう》の間は茶化すことなく静かだったのに。

グルドフの心情を考えると申し訳なさしかないが、この世界に来たばかりなので、衣食住や資金、情報などが乏しいということも事実だった。そして、今がその話題を出していい間なのかという疑問があるのも事実だ。

「本当に空気を読まないな、君は……」

「『お別れ』はもう済んだんだろ？　ならさっさと現実的な話をしようや。どうせ死んだ奴《やつ》は戻ってこねえんだ」

「それはそうですけど、言い方ってものがありますよ……」

「いや、構わんよ。今目を向けるべきは、生きている君たちのことだ」

そう前置きをして、グルドフは話を続けた。

「とりあえず、うちに泊まっていきなさい。その妙な恰好《かっこう》と、衣食住が必要ということは、君たち旅の者だろう？　少しの間なら面倒を見てやれる」

「まあ齟齬《そご》はあるが、それはおいおい説明するか。んで、ここから歩きか？」

馬車馬はもういない。状況が状況だけに文句など言えないが、それでも憂鬱な気分になる。

「いや、馬車は私が引こう。馬ほど速くは走れんが、小娘五人を乗せるくらいの余力はある」

どのみち馬車や武具を捨ててはいかんからな、とグルドフは続けた。

聞くところによると、馬車や武具がならず者たちに再利用されることを防ぐためであるらしい。上等な武器が流れてしまえば、その分治安が悪くなるということだ。そういうわけで、護衛兵や賊たち全員の武装を引っぺがしたのだという。

グルドフは馬を繋《つな》いでいたベルトを身体に巻き付け、轅《ながえ》を摑む。感触を確めた限り問題なく動かせそうとのことだったので、皆馬車に乗り込んだ。内部には、車体側面に沿って座席が備え付けられていた。

全員の乗車が済むとすぐに、馬車は動き始めた。思ったより揺れが少ない。

これだけの重量のものを一人で、しかも全身鎧《よろい》を着込んで牽引《けんいん》している様子を見ると、ここはやはりファンタジー世界なのだとホムラは実感した。不謹慎ながらも、少し楽しくなってきている。

馬車が走り始めて一時間ほど経《た》った頃だろうか、やっと森の出口が見えてきた。

視界が開《ひら》けようというちょうどそのとき、不意にグルドフが立ち止まった。

「あー……、命を助けてくれた恩人には言いにくいのだが、その……魔物を国に入れるのはまずいのだよ」

なんとも言いづらそうに、グルドフは不安をこぼす。

「魔物？　何の話だ、おっさん」

「そこの小さい子と、穴を掘った君のことだよ」

ツツミとプロトのことだ。ツツミは生体兵器で、プロトは機械人形だ。人間ではないが、魔物というやつに該当するのだろうか。

「へえ、僕のことを魔物だって言うんだね」

プロトは瞳の光を激しく明滅させながら、グルドフを見つめた。

「やめろ、なんだそれは！　魔眼の類か！」

「あははっ、人間をからかうのは面白いね」

視線を遮るように顔を隠すグルドフを、プロトはけらけらと嘲笑《あざわら》った。

「プロトちゃん、この流れでそういうことすると話がこじれるから止めようね」

「はーい」

この機械人形は基本的に、サイコと同じく娯楽を優先するらしい。自分勝手な連中が多く、ホムラは先行きが不安になってきた。

「いや、実際に魔物かどうかは関係ない。魔物と思われることが問題なのだよ。君たちが出てきた田舎ではどうだったかは知らんが、ここいらでは魔物は憎悪の対象だ。見つかればただでは済まんぞ」

グルドフは一人ひとりの目を見ていく。

「私たちは長らく魔物どもと戦ってきているんだ。魔物に恨みを募らせている者は多い」

もちろん私もその一人だ、とグルドフは呟いた。

「じゃあどうしろってんだ。さっきの約束は嘘《うそ》か？」

「最後まで話を聞きなさい。先ほどは『国に入れるのはまずい』と言ったが、正確には『そのままの姿で国に入れるのがまずい』ということだ。変装でもなんでも構わん。とにかく誤魔化《ごまか》すんだ」

恩に報いたいという気持ちは理解できるが、ここまで危険を顧みずに礼をしたいというのは、些《いささ》か度が過ぎているように思えた。

「……グルドフさん、なんでそこまでしてくれるんですか？」

ホムラの言葉は、当然の疑問だった。

「なに、若者を助けるのが年長者の役目というだけだよ」

言葉ではそう言うものの、グルドフは何かを憂うように目を伏せた。

その憂いが何なのかは推し量れない。だが、思うところがあっての行動だということは伝わってくる。

「まあなんだ、とりあえず変装すりゃいいんだろ？」

グルドフの様子を見て、サイコはばつが悪そうに話を戻した。

変装。ツツミは肌を、プロトは特に頭部を隠す必要がある。どちらも全身を隠せるものがあれば問題ないが、サイズが合っていないようなら逆に怪しまれるかもしれない。

馬車の中にはグルドフの私物のほかに、盗賊団から引き剝がした武具などもあった。その中で役に立ちそうなものといえば、グルドフが着ていたフード付きのローブコートだけであった。

「このコートはツツミちゃんが着た方がいいね。ちょっと臭いけど全身すっぽり入るし」

「ちょっと臭いとか言わなくて良くないかね」

ホムラはツツミにコートを着せた。フードを目深に被っていれば、覗き込まれない限り、肌はそうそう見えない。多少は怪しいがそこは仕方ない。

ちなみに長すぎる丈は、ジンが刀で斬り落として調節した。無断での裾上げを、グルドフは唖然《あぜん》と見守った。

「うん……ちょっと臭いけど、大丈夫」

「ねえ、ちょっと臭いとか言わなくて良くないかね。二人して。ねえ」

残りはプロトの変装だ。

「君はとりあえず、その奇妙な耳飾りは置いとくとして、目を隠さなければな。魔物でなくとも、魔眼は忌み嫌われる」

「魔眼じゃないんだけど……。まあ、君のお仲間の兜《かぶと》を被ればいいんじゃないかな。鎧も着れば大丈夫でしょ」

「それはそうだが……、サイズが合ってないだろう？」

「まあ見てて」

そう言うとプロトは、腕部を肘や手首などの関節部分で切り離してみせた。

ただパーツを切り離しただけではない。切り離されたパーツの繋《つな》ぎ目には、先ほど見たワイヤー状の物体の束が見えた。

「身体のサイズを変えるのなんか、余裕余裕」

ワイヤー束は伸縮し、プロトの身体は見る見るうちに全身鎧のサイズに調整されていった。

プロトは兜や鎧を着込んでいくのと同時に、鎧の内部にもワイヤーを張り巡らせていく。

「どんな技術なの……？」

謎技術にホムラは感嘆を漏らす。

瞬く間に、プロトはどこからどう見ても甲冑《かっちゅう》を着た兵士にしか見えなくなった。感触を確かめるように身体を動かしているが、動きもごく自然だった。あのワイヤーが筋肉のような働きをしているのだろうか。まるで外骨格生物のような様相だ。

「やっぱり服は金属製に限るね。どう？　完璧？」

「どうって……完璧に魔物じゃないかね……。君は——君たちは一体何者なんだ」

何者かと問われても、答えに窮する。魔王を倒すために異世界から呼ばれた、と答えられても困るだけだろう。

「アタシらは異世界から来たんだよ。魔王を倒すためにな！」

困らせようとするのがサイコだった。

「な、なにを馬鹿なことを！　正気かね！」

正気かと言われるのも納得だ。証明しようのない事実。信じてもらえるはずもない。

だがサイコだけは自信満々にふんぞり返っていた。そしてその揺るぎない尊大な態度を、グルドフは都合よく解釈してくれた。

「……え、本当？」

それが事実だと証明するものは何もなかったが、あまりにもサイコが自信に満ち《み》溢《あふ》れているためか、信じてくれそうになっていた。

「本当だ。感謝しろよ、この世界を救ってやる。まあ、魔王が何なのか知らんがな！　ほとんど説明なかったし！　わははっ！」

そういえば女神からは特に説明されていなかったことに気づいた。その場のノリで異世界を救おうと決意していた。

「わはは、じゃないよ君たち……。自分が何を言っているのか分かっているのかね？　異世界云々《うんぬん》は置いておくとしても、魔王を倒すなどと……」

「そんなに強いんですか？」

「強いなんてもんじゃない。百年前の戦いでは、奴たった一人に一国が落とされたと聞いている。最終的には我々が勝利したが、直属の配下ですら、互角に渡り合える兵士が数えるほどしかいなかったらしいのだ。犠牲者も大勢出た。勝てるわけがない。誰の入れ知恵か知らんが、外でそういうこと言うんじゃないぞ」

表情は険しく口調も厳しいが、それだけ身を案じているということが伝わってくる。

それにしても、あの女神は何をもってして魔王を倒す素質があると言ったのだろうか。とりあえずこの話はしない方が良さそうだ。

「サイコさん、もうこの話はやめた方が……」

「えー。このおっさん困らせたかったのにー」

「ほんと性格終わってますね」

「へへっ」

なぜ照れる。

「じゃあ、今の話はなしってことで。アタシらはド田舎から来た普通の村娘だ。よろしくな、おっさん」

「いや無理がありすぎるだろう……」

こんなイカれた村娘がいてたまるか。

「まあ、そんなことはどうでもいい。とりあえず変装も終わったし、おっさんの家に向かうとしようや。ここから近いのか？」

「森を抜ければもう見える。ガルドルシアという国だ」

「なんだ、近くじゃん。さっさと行こうぜ」

「いや、待ってくれ。少し休憩させてくれ。流石《さすが》に足が重くなってきたのでな」

グルドフは先ほどから肩で息をしている。

無理もない。盗賊の襲撃に対応するために鎧を着込み、引いている馬車の中に自分たちを匿《かくま》っているのだ。

「はあー……、しょうがない。じゃあ僕が引くよ。さっさと安全なところで休みたいしね」

「ああ、君なら大丈夫か。悪いが、頼むとしよう」

それを見かねたプロトが牽引役を引き継いだ。

　馬車はグルドフが引くよりも速く道を進んでいく。

「うむ。なんというか、君たちのしたたかさと馬車馬の代わりがいるのを見ると、国に連れ帰って埋葬すれば良かったな、と思えてきたぞ……」

　言っていることはもっともだったが、それを聞いて、サイコはため息交じりに毒づいた。

「弔うのに重要なのは、場所じゃなくて気持ちだろ？　おっさんがあいつらのこと想《おも》ってんのなら、それでいいじゃねえか」

「……それもそうだな」

　グルドフは悲しそうな笑顔で答えた。仲間を失う悲しみを想像できるはずもないが、胸の痛みに耐えていることだけは伝わってきた。

「良いこと言ってる風ですけど、騙《だま》されないでくださいね。この人自分のことしか考えてませんから」

　だが、それだけは言っておきたかったホムラ。

　抗弁する代わりにサイコは、ホムラの顔をとぼけた顔で覗《のぞ》き込んだ。あまりのうざったさに、ホムラはサイコをひっぱたきそうになるのを我慢した。我慢したが無理だったので、とりあえず肩を軽く殴った。

「へっへっへ、面白い面白い」

　へらへらと、おちょくったような態度でサイコは笑った。他人を玩具《おもちゃ》にすることに体を張る狂人らしい言動。

「この人格破綻者もそこらへんに埋めませんか？」

賛成多数だったが、サイコに構うのが面倒だったので見送りとなった。いつかは実行したいと思う。きっとみんなも協力してくれる。

森を抜けると、草原の果てに長大な石壁が見えた。それはおそらく城壁で、等間隔に塔が設けられている。遠目からでもかなり堅牢《けんろう》な城壁だと分かる。

馬車に揺られることしばらく、いよいよ国が近づいてきた。城壁の周りは農地として活用されており、ときおり農民が遠巻きに馬車を眺めてくる。

グルドフが向かわせたのは、真正面にある巨大な城門。

鉄製の落とし格子が二重に設置されており、門番も配置されている。

馬車が門に着くと、二人の門番が寄ってきた。二人とも槍《やり》を手にしており、グルドフに付いていた護衛と同じ鎧《よろい》を身に着けていた。

「止まれ。誰を乗せている。馬はどうした」

兵士の問いかけに応じるために、グルドフは馬車から顔を出した。

「私だ」

「グ、グルドフ殿でしたか、失礼しました！」

門番は慌てて頭を下げた。

「それにしても、馬はどうしたのですか？」

「任務から帰る途中、盗賊に襲われたのだ。偶然旅の者が助けに来てくれたのだが、その時にはもう犠牲は出ていた。私の力が及ばなかったせいでな……」

「そうでしたか。心中お察しします……。ですが一応、中をあらためさせてもらっても？　これが仕事なもので」

「構わんよ。ああ、そうだ。先ほど言った旅の者を乗せておる。もてなしをしたいのでな」

緊張感が漂う。甲冑を着こんだプロトのことは怪しんでいないが、ツツミの姿を見れば怪しむかもしれない。魔物だと思われれば追い返されるだけでは済まないだろう。

門番が幌《ほろ》を掻《か》き分け、馬車の中を覗いてきた。空気が一層張り詰める。

ホムラは挨拶でもしようかと思ったが、声が上擦りそうだったので、ぎこちなく会釈するにとどめた。

ジンは静かに目を伏せ、ツツミは縮こまってホムラの陰に隠れている。

一方サイコは、歯を剝《む》き出しにして門番を威嚇していた。

「馬鹿なんですか！」

サイコの頭をひっぱたいた。

門番は乗客を一通り眺めると、冷ややかな目になった。何かまずいことでもあったのだろうか、と思ったがそうではなかった。

「グルドフ殿、貴方《あなた》は高潔なお方だと思っていましたよ……」

門番はそう言うと、城門を通るように指示した。

「待て、どういう意味だ！　何かよからぬ誤解をしていないかね！」

「まあ、息の荒い汗ばんだおっさんが若い女に囲まれてんだから、白い目で見られんのも不思議じゃねえわな」

「そういうんじゃないから、君！　頼むから私の目を見てくれ！　信じてくれ！」

誤解を乗せたまま、馬車は進む。

門番はついぞこちらを振り向くことはなかった。

「恩に報いようとしただけで、なぜこんな目に遭わなければならんのだ……」

掛ける言葉がなかった。そして、サイコを埋めればほぼほぼ解決すると思った。

「んなことより汗かいて気持ち悪《わり》い！　おっさんの家に風呂あるんだろうな！」

そんな思いなどお構いなしに、サイコはのたまう。

とはいえ、色々ありすぎて意識していなかったが、馬車の中には汗と血の臭いが充満していた。嘔吐《おうと》物の饐《す》えた臭いも漂っていたが、ホムラは無関係を装った。

三章　『やりたいこと』

The Devil's Castle,
Burning By my flame the world bows down

「あー、都合よく異世界にも風呂があって良かったなあ」

「ですねー」

「うむ」

グルドフ邸、使用人用浴場。五人は旅の疲れを癒《いや》していた。


城門をくぐり抜けてまず目に入ったのは、活気に満ちた市場だった。行き交う人々は店先に並べられた食材を買い、貿易商は商品を詰め込んだ荷馬車を進ませている。

その先に立ち並ぶ木組みの家屋は、漆喰《しっくい》塗りの壁と三角の屋根で統一され、ヨーロッパの古い町並みのような趣があった。整然と並ぶ家々の間には石畳の道が通っており、城門から続く大通りの果てには、城壁に囲まれた城が見える。

文明が発展していないようにも見えたが、この世界独自の技術で発展しているようだった。

一番目についたものといえば街灯で、電灯でもガス灯でもなく、何やら鉱石が光っている。まさしくファンタジー。

馬車で揺られること十数分。グルドフの家は城壁に沿った通りにあった。

「本当にお金持ちじゃないですか……」

思わず息を呑《の》んでしまう。

グルドフの家は庭付きの広い一軒家だった。質素な造りとはいえ、ここにたどり着くまでに見てきたような集合住宅に住んでいないというだけで、その格の違いが理解できる。

「金持ちなどではなく、功績に応じて与えられただけだがな。正直なところ、こんな大きな家、持て余しておるよ」

「ほーん……。ここが今からアタシらの家になんのか」

「いや、違うからね！　部屋を貸すだけだからね！」

ホムラたちはグルドフ邸に着くなり、風呂を目指した。

グルドフ邸には使用人がおり、初めは風変わりな客人に驚いていたものの、事情を説明されるとすんなりと風呂場へ案内してくれた。

視線にひりついたものを感じないでもなかったが、本当に「ただでは済まない」くらい魔物が憎まれているのか分からなくなってくる。それだけグルドフへの信頼が強いということかもしれない。

使用人は見たところ一人しかおらず、風呂場へ案内してくれたメイド一人としか遭遇しなかった。こちらの世界の常識は分からないが、それでも家の広さにしては寂しい雰囲気が漂っている。

　使用人用浴場の浴槽は石造りで、五人で浸《つ》かってもまだ少しの余裕がある程度の大きさだ。石鹼《せっけん》類は置いておらず、鏡も無い。湯船に浸かり、汗を流すだけの浴場。

　それでも、お風呂に入れるだけでありがたい。


　湯に身体を浸し、至福のときを味わっていると、サイコが不意に言葉を投げ掛けてきた。

「お前のその髪形、火傷《やけど》痕隠してたのか」

　サイコに言われて初めて、ホムラは皆の前で髪をかき上げていることに気づいた。いつものように一人で入浴しているつもりで、邪魔な前髪を上げていたのだった。

　ホムラの右目の辺りには、痛々しい古い火傷痕が広がっている。

　火傷痕はコンプレックスだったが、今さら隠すのもおかしく、別に奇異なものを見る目を向けられているわけでもない。ホムラは少し恥ずかしがりながらも、髪はそのままにした。

　コンプレックスが気にならないほど、周りの人間が変だということも理由かもしれない。正直、気にしている余裕はなかった。

「ええ、まあ、ちょっと恥ずかしい理由で火傷しちゃって」

「はあ？　恥ずかしい？」

「目から火が出ちゃったんですよね。それで目の辺りに火傷を」

「恥ずかしいのはお前の頭じゃ。言いたくないなら無理に言おうとせんでいい」

「いや、本当なんですけど……」

呆《あき》れたようにサイコは吐き捨てた。

「まあ、そんなことより気になるのが……なあ？」

信じてもらえないことにモヤモヤとした気持ちは残るが、確かにそんなことより言及したい事柄が目の前にあった。

「ですね、そんなことより……」

二人して目を向けた先は、ジン——の胸だった。

「お前、巨乳だったのか」

「サラシってやつですね！」

この場ではホムラに次ぐ大きさ。急に大きくなった訳ではない。服を着ていたときにはそれほど目立った大きさではなかったそれは、サラシで押さえつけられていたのだった。

「動くときに邪魔だからな」

「あーあ、アタシも言ってみてえなあ、その台詞《せりふ》」

「……くだらん」

本人としては至極どうでもいい事柄なのかもしれないが、女性としては当然のように気になる部分であった。

かく言うサイコの胸は小さい訳ではない。かといって、本人が満足するほどの大きさでもないらしい。

半ば拗《す》ねたように、湯舟の中で足を投げ出すサイコ。足首の刺青《いれずみ》がよく見える。やはりと言うべきか、サイコの刺青は首元だけでなく、手首と足首にも彫られていた。それぞれの部位をぐるりと一周する手術痕のような刺青。

そして他に気になるのは――。

「ツツミちゃんはこれからだからね。ちゃんとご飯食べようねー」

「本当……？」

ツツミは平らな胸板に手を当てた。

その身体は胸だけでなく、全体的に細く、薄かった。それを見るだけで、ツツミがどういう扱いを受けていたのかを察することができる。

ちなみに、一番大きいのが自分、次いでジン。そしてサイコ、プロト、ツツミという順だ。

大、大、中、小、無。

ホムラは、膝の上に座らせているツツミを抱きしめる。

そこでふと疑問が浮かんだ。

「そういえば、ツツミちゃんって今いくつなの？」

年齢だ。ツツミだけではない。他の三人――正確には二人と一体の年齢も知らないままだ。

「この前、十六になったばっかり……」

「まさかの一個下！　ツツミちゃん、高校一年生だったのね……」

生体兵器が通う学校がどのようなものかは知らないが、特に否定はされなかったので高校一年生ということでいいらしい。

——それにしても、十六でこの体形……。

「いや、いい。逆にそれがいい。やっぱりそのままでいて」

再びツツミを抱きしめる。今度は些《いささ》か不純な動機が混じっていたのは否定できない。

「ツツミ、その性犯罪者予備軍から離れろー」

「ロリコンとか……。もしかして、僕のこともそういう目で見てるのかい？」

二人から侮蔑がたっぷりと盛られた視線を向けられた。ゴミを見るような目。

ひどく悲しい誤解が生まれてしまっている。こんなところですれ違いたくない。

「誤解です！　ロリコンなんかじゃありません！　ただ、力では負けることのなさそうな体格の年下の子が好きなだけなんです！」

「ロリコンとほぼ同義じゃねえか！」

「違いますよ！　ちゃんと男の子も守備範囲内ですから！」

「余計タチが悪いわ！　この性犯罪者予備軍が！」

「人体実験してる人に言われたくないんですけど！」

否定しようとするたびに、泥沼にはまっていく。視線に乗せられた侮蔑の色が濃くなっていく一方だった。

手を出していなければセーフなのに。そんな理屈は通りそうになく、ホムラは無事に性犯罪者予備軍という立場を確固たるものにした。

「そ、そんなことより、プロトちゃん！　機械なのにお風呂に入っても大丈夫なの？　壊れたりしない？」

苦肉の策として、ホムラは必死に話題を逸《そ》らす。

プロトは防水機能が完璧なのか、平然と風呂に入っている。

「心配いらないよ。僕は地球人が作ったガラクタみたいな脆弱《ぜいじやく》な造りじゃないからね」

「ん？　……というと？」

すぐに受け入れられないような、何か変なことを言われたような気がして、ホムラは要約を求めた。

「分かりやすく言うと、僕は地球外機械生命体だってこと。地球産ごときの機械《ガラクタ》と同じように考えてもらったら困るな。まあ、外装は地球人が作ったものだし、中身も多少弄《いじ》られたけどね」

外装というのは外から見える部分、つまり少女の姿を模しているガワのことらしい。少女の姿に見えればいいのか、胴体部分は輪郭だけを模すにとどまっている。

プロトは外装胸部の首元の辺りを開放し、胴体の中身を見せてくる。そこには青白く光る金属球がフレームで固定されていた。

「これが僕の本体ね」

「ＳＦだ……」

謎技術とは思っていたが、まさか地球外の技術による産物だったとは。

「というか、え？　地球外生命体弄って僕っ娘《こ》メイドロボにしたってこと？　日本ってどうしてこう、変な方向に突っ走るんだろ……」

業が深い。

「でもプロトちゃんをこんなに可愛《かわい》くしてくれてありがとう、日本」

ホムラは顔も知らない技術者に感謝の祈りを捧《ささ》げた。

「きも」

二文字で淡々と端的に罵倒された。

「あれ、でもメイド型なのに学校の制服着てるよね？」

「試験運用で閉鎖研究都市内の学校通ってたからね。僕自身の稼働年数は地球時間で三桁行くけど、一応高等部の一年に所属してたんだよ。見た目相応の振る舞いを学習させるためだとかなんとかで」

「じゃあ、後輩だね」

ホムラは笑みを向けた。「閉鎖研究都市」とかいうよく分からない単語を浴びせられたが、そんなことはどうでもいい。下の学年で、なおかつ可愛い。それだけでいい。

「イラッと来るなあ、この変態。ニチャニチャした笑顔向けないでよ」

どうあれ、プロトはただの機械ではなく、地球の生命とは在り方が違う生命体ということだ。つまりは死を迎えることができ、女神に死者としてカウントされることになったのだろう。

「にしても天才、暗殺者、生体兵器、機械生命体か。イロモノ揃《ぞろ》いだな」

「天才自称して恥ずかしくないんですか？」

「全然？　事実だし」

「うわあ……」

他人を玩具《おもちゃ》にするというサイコの性癖は、自分が他人より優れているという実感に根差しているように思える。

「それでホムラ、お前は何なんだ？　面白いの頼むぞ。魔法少女とか」

「魔法少女みたいな可愛いものだったら良かったんですけどね」

魔法少女のような愛され、憧れられる存在だったらどれほど良かったか。

「で、正解は？」

「ですから、さっきも言った通り身体から火が出るというか、火を出せるんですよ。ほら」

ホムラは一瞬だけ、右手に火を纏《まと》わせる。全員の瞠目《どうもく》を残したまま、火は静かに消えた。

「……パイロキネシスか」

「そう言ったりするらしいですね」

パイロキネシス。それは超能力のひとつとされ、火を発生させる能力だ。自らの身体や、目で見たものを発火させることが出来るという報告がある。

そのほとんどが別の現象が原因だったり、ただのインチキだが、確かにそういった能力を持った者は存在する。その一人がホムラだった。

「意識的に火を出すことは出来るんですけど、別に自在に操れる訳じゃないんで戦えるかどうかは……。出し続けてたら普通に熱いですし」

「ほうほう……。ん？　魔法みたいな能力だし……魔法少女で合ってたな！」

「……はっ、確かに！　いやでも、この年でそう名乗るのは恥ずかしいというか、なんというか……」

確かに小さい頃は憧れていたが、魔法少女の年齢制限は何歳くらいまでなのだろうか。誰が決めるというものでもないが。

「アホか。魔王を倒す素質がある時点で普通じゃねえんだから、今更そんなこと気にしてどうすんだ」

その言葉に、ホムラはハッとさせられた。

いつの間にか現実に塗りつぶされていた、夢と希望の輝き。それが再び鮮やかに輝き始める。

この世界では人助けに使えるかもと考えると、発火能力も悪くないと思えてきた。

そう。こう思うのは恥ずかしくない。

「……決めました」

「あ？」

そうだ、今からでも魔法少女になろう。

「魔法少女に、私はなる！」

「きっつ……。やっぱ『素質あり』だな……」

手遅れだな、と言いたげな顔でサイコは呟《つぶや》く。

「じゃあおだてないでくださいよ！　いいですよ、可愛い路線じゃなくてもいいんで！」

魔法少女を目指すのはもうやめた。最強の魔女とかでもいいし。

もはや魔王を倒す素質というのが奇人変人の証《あかし》のようになっているが、そこは気にしない。

「だがまあ、いいね！　旅はこうでなくっちゃな！」

魔王討伐パーティの内訳——マッドサイエンティスト、暗殺者、生体兵器、機械生命体、そして発火能力者の五人。なんだこれは。

「これで戦闘要員が三人になったな。アタシは参謀か何かをするとして、ツツミは何が出来るんだ？　兵器としての仕様とかさ」

失敗作という烙印《らくいん》を押されているからか、ツツミは恥ずかしそうに身体を丸め、消え入るような声で答えた。

「上手《うま》く、制御できないけど……」

続く言葉をその場の全員が静かに待った。単に興味があるというだけでなく、失敗作だと断じられたツツミを受け入れる気持ちを伝えたかったのだ。

「……身体から、毒が出る」

それを聞いた瞬間、ツツミを除いた全員が湯船から飛び出た。


「ごめんね、ツツミちゃん」

入浴を終え、改めてツツミに謝罪する。ツツミを危険物のように扱ったことは、全員が反省していた。

今はグルドフ邸のゲストルームでくつろいでいる。

一張羅である制服は洗濯してくれているので、メイドからナイトウェアを借りた。

五人の客人が居座るには少し狭く感じるが、それは部屋の大きさに比べてベッドが二つもあるからだった。五人分の寝床が無いので、二つ目のベッドは他の部屋から勝手に持ち運んできたのだ。今日出会った盗賊並みの横暴さ。

ゲストルームに置いてある家具は、多少の細工は施されていたが、質素な造りだった。この世界のことはまだほとんど知らないが、装飾とは縁が薄いのかもしれない。

そんな部屋の中、それぞれが思い思いの場所に陣取っていた。ツツミはソファの端にちょこんと座っている。

「ツツミが……上手く説明出来なかったから……」

言葉が足りてなかった自覚からか、ツツミは申し訳なさそうに俯《うつむ》いている。

「こっちが勝手に誤解しちゃっただけだから。ね、ツツミちゃん、顔上げて？」

誤解せざるを得ないほどの説明不足だったが、ツツミが危険物というのは誤解だった。

ツツミが説明したのは自身の本来の仕様でしかない。つまり、自身が備えていない仕様だった。

「もしかして、それが廃棄された理由か？　毒出せないってのが」

ベッドに寝ころんだまま、サイコは問いただした。

「うん……」

廃棄。つまりは殺処分だ。ツツミは、自分は失敗作だから廃棄されたと言っていた。その理由というのが、生体兵器たらしめる器官の機能不全だった。

「毒を作る器官はある、らしいんだけど……毒は、作られてないいん、だって……。でも、再生能力だけは、正規品より……高いって」

喋《しゃべ》るのに慣れていないのか、途切れ途切れに語る。

「うーん……。どうにかしてやりたいが、器具も研究資料も無いしなあ……」

「サイコさんも誰かのために動こうとすることあるんですね」

ちなみに、サイコとジンは高校三年生だった。ホムラは、狂人の先輩と人外の後輩に挟まれている。

ジンはサイコと同列に狂人と評されたことにショックを受けていたが、少なくとも一般的な日本人の感覚としては、悪人であれば容赦なく斬り捨てるというのは狂人の域に入っている。

「アタシは楽しむのに全力だからな。ツツミが立派な生体兵器になりゃ、絶対楽しいだろ」

「思った以上に理由が最低ですね」

若干予想しないでもなかったが、サイコが他人のために動くのは、それ以前に自分のためのようだ。最低だと思う一方、なんだか安心もした。

「みんなが幸せになるんだし、いいだろ。ツツミも立派な兵器になりたいよな？」

「うん……」

「ほらな。みんなで幸せになろうぜ？」

「ツツミちゃんがいいなら、それでいいですけど……」

妙に腑《ふ》に落ちないが、動機や経緯なんてものは実際どうでもいいのかもしれない。

「せっかく蘇《よみがえ》ったんだし、楽しまねえと損だろ。それこそ、縁もゆかりもねえ世界を救うためだけに動く奴《やつ》の方こそ狂っとるわ」

「『ゲームみたいで楽しそう』って言った手前、強くは言えないんですけど、そんな感じでいいんですかねえ……？」

この世界の実情を知った今、楽しんで任務を遂行するというのも気が引ける。

「お前は考えすぎなんだよ。生前やりたかったこと盛大にやるのも良し、新しくやりたいこと見つけんのも良し。その結果として魔王倒せりゃ文句もねえだろ」

言われてみれば。

「……確かに、それなら女神様も何も言わないですよね！」

ホムラは誘惑に弱かった。

「チョロすぎて心配になるな、お前。こんな話真に受けんなよ」

「じゃあ言いくるめようとしないでくださいよ！」

真顔で心配された。理不尽。

「そうだ。いい機会だし、自分のしたいこと教え合おうや。ここぞというときに仲間割れなんてシャレにならんし、擦り合わせしとこうぜ。まずはジンな。お前が一番怖い」

怖いと言いつつも、おどけた態度は崩さない。殺されたくないのか殺されたいのかよく分からないが、殺されようとするのも楽しみそうではある。

とはいえ、へらへらとふざけているようだが、言っていることは至極真っ当だった。

それぞれが殺傷能力を持っている、あるいは持つことになる状況で、仲間割れが殺し合いに繋《つな》がる可能性は当然ある。そうならないためにも、互いの主義主張を理解し、折り合いをつける必要があるのは自明だった。

「某《それがし》は悪を斬れればそれでいい。……と言いたいが、この世界での『悪』というのがまだ分からぬ。とりあえずは悪を斬るのではなく、某が『悪』と思った者を斬るとしよう」

ジンは壁に寄り掛かったまま、一瞥《いちべつ》もくれずに言った。わりととんでもないことを。

「テロリストかよ」

「なんとでも言え」

正義の行いだからというよりは、ただ悪人を斬ることを目的としているように思えた。かといって、快楽殺人鬼のような猟奇性も感じられない。悪人を誅《ちゅう》することしか知らないような、そんな気がした。

「やっぱり一番怖いな、お前は。とりあえずアタシは、ジンに殺されない範囲で遊ぶってことで。ほい、じゃあ次はツツミ」

流れるように司会進行役から指名され、ツツミは一瞬硬直したものの、おずおずと言葉を紡ぎ始めた。

「ツツミは、立派な兵器になって、みんなの役に立ちたい……」

生体兵器であるからか、そうなるように教育されたからか、ツツミは兵器であろうとする意志は固いらしい。

「ツツミちゃんはいるだけでみんなを幸せにしてるよー」

ホムラは、健気《けなげ》な決意を表したツツミを抱きしめた。抱きしめても怒られないタイミングを見計らっていたわけでは断じてないが、このタイミングなら大丈夫だろうと思った。

「おいジン、そこに『悪』がいるぞ？」

「喜べホムラ、おぬしが記念すべき一人目だ」

刀を引き抜く冷え冷えとした音が、心臓を鷲掴《わしづか》みにしてくる。

「全然喜べないんですけど！」

ホムラは跳び退き、ソファの後ろに隠れた。

「冗談だ。だが羽目を外しすぎんようにな」

ジンは刀身を鞘《さや》に納める。

「心臓に悪い冗談ですね……」

湯上がりの身体が芯まで冷えた。これからは慎重に愛《め》でよう。

「そんでプロト、お前は？」

「僕は特に無いかな。みんなについて行って、やれることがあったらやるだけだよ」

「主体性ねえなー」

　面白い答えを期待していたのか、サイコは不満を漏らした。

「僕たちにもヒエラルキーってのがあってね。下級コア個体の僕は、基本的に与えられた役目をこなすように出来てるんだ。下等生物に従属するのは些《いささ》か不服だけど、そういうのが向いてるし、楽なんだよ」

「機械生命体も大変だな」

「大変なんだよ」

　よく分からない話をしているが、ひとつだけ分かったことがあった。

「え、じゃあ頼んだら何でもしてくれるってことですよね！」

「おい、ジン」

「うむ」

　ジンは再び刀を引き抜く。

「まだ何も頼んでないのに！」

「とりあえずこの変態は隔離した方が良くないかい？」

「良くない！　みんなと一緒にいたい！」

　ただ、もし何か頼んでいれば斬り捨てられていた自信はある。

「それで、お前はどうなんだ。どうしたい？　言葉は慎重に選べよー？」

「そんな心配しなくてもいいですよ！」

一体どんな答えが返ってくると思っているのだろうか。

「私は……」

ホムラは言い淀《よど》んだ。

べつに犯罪じみた欲求をぶち撒《ま》けようとして躊躇《ためら》ったわけではない。動機の卑しさと、暗い記憶が邪魔しただけだ。

「私は……人助けがしたいだけです」

「……単なる良い子ちゃんってわけじゃないんだろ？」

その願いがあまりにも薄っぺらく聞こえたのか、サイコはさらに奥へと追及する。

「言いたくないなあ……」

引かないでくださいよ？　そう前置きして、ホムラは胸の内を語り始めた。

「私が嫌ってる連中と私は違うんだって、安心したいんです」

死ぬ前の記憶が蘇る。

中身のない、上辺だけの善人面。善人とは程遠いくせに、自分が善人だと勘違いしている。

「正義を振りかざして他人を貶《おとし》める連中が嫌いなんですよ。だから、偽善だろうが善《い》いことがしたいんです。馬鹿らしいですよね？　でも、そこだけは孤立しようが変えなかったですし、死のうが変えたくありません」

言いたくはなかったが、ホムラは毅然《きぜん》とした態度で告げた。

自身の低俗な部分をさらけ出すのは後ろめたい。後ろめたいのだが、胸の内を明かすということが、サイコたちとの繋がりを強めてくれたような気がしていた。

一方的な仲間意識だとは理解している。それでも、そう思えるような存在と出会えたことが嬉しかったのだ。

「お前……ぼっちだったのか、可哀想《かわいそう》に」

「そこは拾わなくていいんですよ！」

勝手にしんみりしていた自分が恥ずかしくなってきた。

「しょうがないじゃないですか、身体から火が出るなんて噂《うわさ》聞いたら、誰だって引きますよ！大体サイコさんだって絶対友達いないでしょ！」

一瞬の静寂。

「……確かにいねえわ！」

ちなみに、この場にいる全員友達がいなかった。

「こりゃ運命だな」とサイコはひとしきり笑い、五人の出会いを面白がった。

一見するとバラバラな五人だったが、奇妙な共通点があった。それは、全員はみ出し者だったということだ。

やはり、この旅は面白くなるかもしれない。

旅への期待を膨らませていると、不意にノック音が響いた。

「ちょっと入るぞ、君たち」

少し開けられたドアから覗《のぞ》き込んできたのは、グルドフだった。

「おい、そんな気軽にアタシらの部屋に入ってくんなよ。腹肉引きちぎるぞ」

「いやここ私の家――って、あああああッ！　そこにあるの、私のベッドではないか！」

略奪したベッドはグルドフのものだった。なんとなく分かっていたが。

家主とひとしきり揉《も》めたが、サイコの説得という名の言いくるめにより、寝床の確保は出来た。グルドフは今日、自室のソファで寝るそうだ。おそらく、これからもそうなる。

「んで、何か用があって来たんだろ？」

「……そうだった。君たちに言いたいことがあるのだったよ」

ベッド確保のための応酬で忘れかけていた。グルドフが何か用があって部屋に訪れていたことを。

「説教か？」

「説教しても聞かんだろ、君たち――いや、君だけか」

「おう！」

力強い返事。晴れやかな笑顔。

「これほど腹立たしい笑顔は見たことがないな……」

これには流石のグルドフも嘆くほかなかった。心を強く持ってほしい。

「まあいい、本題に入るぞ。最終目的が魔王打倒だということについては、もう何も言わん。ただ、魔物どもと戦うというのなら、衛盾隊《えいじゅんたい》か殲剣隊《せんけんたい》に入らねばならんのだよ」

「その衛盾隊《えいじゅんたい》とか殲剣隊《せんけんたい》ってのは？」

こういう話し合いのとき、サイコが率先して話を進めてくれるのは助かる。

「どちらも魔物とやり合うのは変わらんが、衛盾隊《えいじゆんたい》はガルドルシアや近隣の集落に滞在し、拠点や民を衛《まも》る盾となる役目を担っている。もう一方の殲剣隊《せんけんたい》は、要請に応じて遠征し魔物を殲滅《せんめつ》する剣となる役目を担っているのだ」

「で、殲剣隊《せんけんたい》に入れってか？　拠点防衛を任される衛盾隊《えいじゆんたい》は自由に動けねえんだろ」

「話が早いな。魔王が直々に攻め込んでくるとは限らん。魔王討伐の役目を任されるのはおそらく殲剣隊《せんけんたい》だろう。まあ、衛盾隊《えいじゆんたい》として名を上げていくという道もあるのだが、それはちょっと難しいというかな……」

その歯切れの悪さから、言いにくい理由があるのだろうということが手に取るように分かる。そしてなんとなくであるが、その理由を受け入れざるを得ない気がして止まない。

「衛盾隊《えいじゆんたい》は戦闘技能のほかに……人格も求められるのだ」

「うん、無理だな！」

「ですね！」

五人全員が、一瞬の間もなく無理だと悟った。五人の中には、人格者がただ一人としていない。そもそも選択肢が無かった。一択。紛《まが》うことなく一択。

「まあ、姿見られたら困る奴もいるし、出来るだけ街にいない方がいいか」

「君たちの正義の心は疑っていないのだが……、民にとって些か刺激が強いのだよ、君たちは」

分厚いオブラートに包まれているが、要するに『イカれた連中は住民に近付くな』ということだ。気持ちは分かる。痛いほどに。

「安心しろ。誰も正義感なんて持ってねえから」

サイコはけらけらと言い放つ。

「別に謙遜しなくてもいい。現に私は、君たちに助けられた。それが正義でなくてなんなのだ」

グルドフの凛々《りり》しい目が、ホムラたちに向けられる。

否定したいが、確かに正義感はそれほど無い。人助けがしたいというホムラでさえ、その点に関しては別の気持ちが大きかった。それは――。

「いやいや、マジだって。楽しそうだから魔王倒そうとしてんの」

――楽しそうという気持ちである。

「うむ。思った以上に殲剣隊《せんけんたい》の素質があるようだな」

ヤバい奴等《やつ》は殲剣隊《せんけんたい》に隔離されるらしい。

「とんでもない客人を招いてしまったと今更ながら後悔しているが、話を戻そう。どちらの隊であっても、共通の入隊試験がある。これは月に一度開催されるのだが……」

一旦話を切ったグルドフは、顔を険しくして話を続けた。

「だが、物事には順序というものがある。試験を受ける前にしなければならないことが山ほどあるのだ。詳しいことはまた今度話すが、今日と明日はしっかりと休みなさい。特に明日は家でゆっくりするといい。いや、ゆっくりしていなさい。家から出てはならんぞ。絶対にだぞ！」

完全に前フリにしか聞こえなかったが、サイコはいたって冷静に答えた。

「分《わ》かった分《わ》かった。異世界に来たばっかなんだし、流石《さすが》に明日は一日中のんびりしとくわ」

サイコは眠そうにあくびをした。

ガラス窓はとうの昔に夜色に染まっている。

もう夜かと思うと、疲れがどっと押し寄せてきた。たった半日で、死と異世界渡航と虐殺見学を経験したのだから無理はない。

「分かったならよろしい。それでは、おやすみ」

グルドフはそう言い残し、部屋から去っていった。

それぞれの寝床は話し合いにより、ソファに座って寝るジン以外は、ベッドを寝床とすることになった。

「んじゃ、寝るかー」

明かりを消し、五人は疲れを癒すために眠りにつく。


誰のものか、寝息が聞こえてくる頃、ホムラはまだ寝付けずにいた。

色々なことがあり過ぎて心身ともに疲れているが、ある一つのことが気掛かりになっていた。

それは、自分がやりたいことだ。

人助けをしたい気持ちは本物であるし、魔王討伐が楽しそうという気持ちも本物だ。自分でそう言ったし、自分でも嘘《うそ》を言っているつもりはない。

それでも、何か心に引っかかっている。

自分が死ぬ直前、何か途轍《とてつ》もなく強い欲求が湧いたのを覚えている。

だが、その肝心の欲求が何なのかは、朧気《おぼろげ》で摑めない。

異世界でどうしたいのか。魔王討伐をどう感じているのか。それ以前に、何か大切な思いがあったはず。

その思いも割れた頭から出てしまい、地球に置き去りにしてしまったのだろうか。

疑問は、空気のように手からすり抜けていく。

自分の本心は、どこにあるのか。自分の本心は、どこを向いているのか。

心の奥底にある、本当にやりたいこと。

「何だったっけ……」

ホムラはひとり、呟いた。

四章　『マジカルファイア（火炎瓶）』

The Devil's Castle,
Burning By my flame the world bows down

翌日。

「はい、というわけでやって参りました試験会場！」

案の定、のんびりと休むはずはなかった。

「なんなんですか、そのバラエティ番組みたいなノリ」

「だって楽しくて仕方ねえんだもん。やっぱ試験ってのは今日あるんだな」

忠告を無視して、こっそりと家を抜け出したのだ。まあ、こうなることは分かっていたが……。

絶対にするなと言われたことは、絶対にしなければならない。もはや伝統とも形容されるやり取りだ。

ちなみに、騒ぎになるとまずいのでツツミとプロトは留守番している。

「まあ、楽しいっていうのは否定しませんけど……。後で怒られますよ？」

「アタシが矢面に立つから安心しろ」

妙に頼もしいサイコ。その頼もしさに警戒すれば良かったと、ホムラは後悔することになる。

街は昨日とは違う賑《にぎ》わいを見せていた。活気があるのには違いないが、平和そうな賑わいというより、どこか興奮しているような熱さを感じる。

そしてその理由というのが、入隊試験だった。

人の流れのたどり着く先。そこには巨大な石造りの建物があった。まるでスタジアムのようなそれは、練兵場だという。

練兵場といっても兵士が修練するだけの施設ではなく、入隊試験を闘技会として観戦できる娯楽施設としての側面もあるようだ。スポーツ観戦と同じような感覚なのだろうか。

高揚した人だかりが、練兵場の入口に流れ込んでいく。

「見学するだけですよね？」

「おう！」

いつもの笑顔。

試験を見学しようということで連れてこられたが、嫌な予感がする。

「いや、その笑顔で確信しましたよ。何するつもりですか？　流石に試験受けたりなんかしませんよね？」

「おう！」

壊れた機械のように同じ反応を繰り返す。信用出来る要素が一欠片《ひとかけら》も無い。

ため息が無限に出てくる。

「ジンさんからも何か言ってやってくださいよ」

「流石にそのような無謀はせんだろうよ」

「そうですかねえ……」

不安しかない。が、無茶《むちゃ》なことをしようとすればジンが止めてくれるだろう。

サイコが唯一恐れるジンがそばにいるということが、ホムラの不安を和らげる。

「冗談冗談。からかっただけだって。さ、早く行かねえと良い場所取られるぜ？」

「分かりにくい冗談止めてくださいよ……」

入口へと引きずられるように連れていかれる。

行き先が兵士用入口ではなく観客用入口だったので安心した。本当に安心した。

階段を上って練兵場の中へと入っていくと、内部はローマのコロッセオのような構造をしていた。

フィールドは陸上競技場のような楕円形《だえんけい》で広々としており、それをぐるりと囲むように階段状の観客席が設けられていた。

練兵場最上部には日除《ひよ》けのための天幕が張られ、思ったより暑くはない。観客席の最前列は貴賓席なのか、そこでは身なりのいい観客がくつろいでいる。

ホムラたちは当然そんな良い席で観戦出来るわけはなかったが、運よく闘技者出入口の真上という、眼前に他に客がいない席を確保できた。実際には、他の観客に避けられていたから好きな席に着けただけであるが。

「熱気がすごいですね」

誰もが興奮し、繰り広げられるであろう熱い戦いに胸を躍らせている。

「そんだけ面白《おもしれ》えってことなんだろ。……あ、しくじった。スマホ持ってくりゃ良かったわ。留守番組に見せてやれねえな」

「お願いですから目立つ行動はやめてくださいよ、ただでさえ肩身が狭いんですから……」

こっそりと視線を巡らすと、奇異の目に囲まれていることがよく分かる。

……にもかかわらず、サイコは立ち上がって演説をぶちかました。

「馬ッ鹿野郎！　地味に生きてて何が人生だ！　自分が自分でいたけりゃ『オレはここにいるぜ！』って世界に挨拶しな！　セイ、ハロー・ワールド！」

「はあ？　多様性って知ってますー？　世の中には静かに暮らしたい人もいるんですけどー？地味でも人生でーす。はい、論破ー」

ホムラも熱が入り、立ち上がる。

「おい」

しかし、低次元な舌戦が繰り広げられるかと思われたそのとき、ジンが鋭く割り込んだ。

「そうだ、ジンさんからも何か言ってくだ――」

「目立っておるぞ」

ハッとしたホムラは辺りを見渡す。

周囲の観客は笑い、囃《はや》し立て、二人の言い争いを催し物の一環のように楽しんでいたのだ。

ホムラが顔を赤らめながら腰を下ろす一方、サイコは見物者を煽《あお》って歓声を浴びていた。

ていた。

「たわけ」

「はい、たわけです……」

売り言葉に買い言葉。サイコの思惑にまんまと乗せられた愚かさを「たわけ」の一言が表していた。

ホムラは未《いま》だ騒動の渦中にいるサイコを無理やり座らせる。

「もう、どんだけ目立ちたがり屋なんですか……！」

「場を温《あった》める必要がな？」

「ないですよ、そんな必要！」

サイコの太ももをぺちんと叩《たた》いた。

ちょうどその時、最後列に一段高く設けられた席にいた男が弁舌を振るいはじめた。それは聞いてみるに前口上のようで、その男はどうやら司会進行役のようだ。

「紳士淑女の皆さま！　ようこそおいでくださいました――！」

その声は魔法によるものか四方八方から響き渡り、場内を熱気で包ませた。

「おお、始まるぞ、始まるぞ！」

この戦いの趣旨とルールが読み上げられる。

それによると、受験者である見習い兵と試験官である熟練兵が戦い、その戦い如何《いかん》によって合否が決まるということらしい。ただし、必ずしも勝つ必要はないという。

加えて、一対一での戦いではなく、チーム戦だということも告げられた。より実戦を考慮してのことだろう。

それから第一試合の闘技者の紹介が始まった。見習い兵とそれを相手取る熟練兵の名前、経歴などが読み上げられる。その度に会場がさらに沸き立った。

試合は、見る者を圧倒するような様相を呈していた。

思わず息を呑《の》んでしまう。

熟練兵はかなり手加減しているらしいが、それでも人並外れた動きと装備をしていた。

板金の全身鎧《よろい》を着込みながらも、身の丈ほどもある大剣を振り回す戦士。動き回る相手を正確に射貫《いぬ》く弓兵。

見習い兵はそれに果敢にも戦いを挑む。当然、斬られて怪我《けが》もするし、攻撃の衝撃で気を失うこともある。

「あんなのまともに当たったら死んじゃいますよ……」

「死ぬのはどうか知らんが、ある程度は大丈夫なんだろ。ほれ、出入口になんか待機しとるし。あいつら、ゲームでいうところのヒーラーなんじゃね？」

サイコが顎で示した方には、聖職者風の装いをした女性が数人佇《たたず》んでいた。

彼女らは試合が終わると闘技者に歩み寄り、何かを唱えた。すると、闘技者が負った傷がみるみるうちに癒えた。

「ファンタジーですね！　ファンタジーですよ！」

「ファンタジーと遭遇する度に興奮すんのやめろ！　うざったい」

光の弾を発射するという攻撃魔法が出たとき、ホムラのファンタジー熱が最高潮に達したが、声を上げるよりも早く繰り出されたサイコの腹パンによって、無事沈黙した。

恐ろしく速い腹パン。ホムラは見切れなかった。

「次で最後の組ですね」

だが司会が最後の組を紹介しているそのとき、事件は起きた。

「じゃ、そろそろ行くか」

「うむ」

「え、どこにですか？」

すると突然、サイコは何食わぬ顔で客席からフィールドへと飛び降りた。

「ちょっとサイコさん！　何やって――え？」

そしていつの間にか、ジンに抱きかかえられているホムラ。

「ジンさん、嘘《うそ》ですよね……？」

「昨晩は『悪を斬れればそれでいい』と言ったな」

「そうですよ、ジンさん……だから下ろしてほしいんですけど……」

「あれは嘘になった」

思わぬ伏兵。ジンも無茶する側の人間だったのだ。

ジンはホムラを抱えたまま客席から飛び出す。

「うわあああああああ――！」

突然の乱入者に大いに盛り上がる会場。ホムラの悲鳴は、轟《とどろ》く大歓声に虚《むな》しく吸い込まれていった。


「すまんな、巻き込んで」

「はあ……。どうせサイコさんに変なこと吹き込まれたんですよね？　分かってますよ……」

「察しがよくて助かる。力試しに興味が出てな」

観念してサイコらと中央へ向かっていると、背後で叫び声が響いた。

「おい、待て！　何者だ、お前たち！」

振り向くと、最終組の面々が追いかけてきていた。

リーダーは全身鎧を着ており、ロングソードと鉄盾を携えている。

鎧に纏《まと》わせたサーコートの藍色は美しく、見習いにしては身なりが良い。開けられたバイザーから覗《のぞ》くのは精悍《せいかん》な青年。名前は確か、「アレス」だったような。

「なあに、通りすがりの女子高生だ。入隊希望のな」

お得意の人を舐《な》めきった顔で、サイコは神経を逆撫《な》でするように言った。

女子高生ではあるが、「腐れ外道」と名乗った方がより正解に近いと思う。

「何訳の分かんないこと言ってんのよ！」

今度はアレスの後ろにいた少女が食ってかかってきた。ローブを身に纏い、杖《つえ》を持っている。

これ以上ないくらいに魔法使いだ。ホムラのテンションは密《ひそ》かに上がっていく。

ほかの二人も斧槍《ハルバード》や大弓を携えているが、先の二人ほど上等なものではない。

「よせ、リアン。ふざけている様だが、どうやらただ者じゃないらしい」

「ですが、アレス様……」

様付けで呼ばれていることから、やはり位の高い家の生まれのようだ。

そんな彼らに、サイコは卑劣極まりない取引を持ち掛けた。

「お前らが持ってる選択肢は二つだ。ひとつ、アタシらに無条件で出場枠を譲る。ふたつ、アタシらと出場枠を賭けて戦う。さあ、選べ」

「馬鹿な。そんな勝手が許されるはずないだろう」

「乱入者を無下にしてもいいが、白けた観客に何言われるか分からんぞ？」

「なっ……！」

会場の熱気は最高潮に達し、これから起きることへの期待に溢《あふ》れていた。特にホムラとサイコの舌戦を見ていた観客がひと際盛り上がっている。

取引に応じないという選択肢は潰されていた。

実際、司会者は盛り上がった会場を静めることもなく、むしろ煽《あお》り立てている。どうも殲剣《せんけん》隊《たい》候補は娯楽には打ってつけらしい。

「『人間性』って言葉、知ってます？」

「初耳だな」

サイコに身につけて欲しいもの第一位、人間性。

それにしても酷《ひど》い話だ。

「くっ……、戦いもせず明け渡すわけないだろう！」

苛立《いらだ》たしげに言い放つと、アレスら四人はそれぞれの武器を構えた。

「戦いになればいいがな。おい、ジン」

「うむ」

ジンも武器を構えると思ったが、静かに目を瞑《つぶ》っただけだった。

それに対してアレスたちは警戒する。

目を瞑っていたジンは一度大きく深呼吸をすると——四人を鋭く睥睨《へいげい》した。

その瞬間、まるで喉元にナイフを突きつけられたかのような錯覚に陥った。

殺気だ。

殺気だけで、生々しい死を実感させている。アレスたちはぎりぎり踏みとどまっていたが、ホムラは腰が抜けてしまった。

アレスやホムラたちだけではない。会場全体が一瞬の間、無音になったのだ。

ジンの目は、断じて戦う者の目などではない。

ただただ人を斬り殺してきた、人殺しの目。その視線は、おぞましいほど多くの死がこびりついていた。

四人は一歩も動けず、一言も発せず、立ち尽くすばかりであった。

「ど、どうやら……闘技者は乱入少女たちに決まったようです！」

戦意が潰《つい》えた四人を見て、思い出したかのように司会者が宣言した。会場は再び熱気を帯びた歓声で満たされる。

「ふう……。殺気を放つというのも、なかなかに疲れるな……」

「お疲れさん」

「やりすぎですよ、もう！」

半泣きになりながらも抗議する。

会場の熱気を背に受けながら、四人は悔しさを噛《か》み締《し》め去っていく。次回の試験で頑張ってほしい。あと、できれば一緒に会場から去りたい。

「見たことない顔だが、腕は本物らしいな」

堅牢《けんろう》な全身鎧の大男が口を開いた。両手で巨大な「メイス」と呼ばれる棍棒《こんぼう》を持っている。巨躯《きょく》に巨大な武器、そして身に纏う重厚な空気すべてが圧倒してくる。

「アタシらはグルドフの愛弟子《まなでし》だ。何か問題がありゃ、あのおっさんに言ってくれ。『責任は私が取る。遠慮せずぶちかましてこい！』って言ってたしな」

「ガハハッ！　奴《やつ》がこんな面白いことするとはな！　気に入った！」

もちろん、そんなことは言ってない。

「『人間性』って言葉、知ってます？」

「初耳だな」

二回目の初耳。

「後で絶対怒られますよ……」

どれだけ迷惑をかければ気が済むのだろうか。

グルドフを気の毒に思ったが、自分も相当気の毒な立ち位置だということに気付いて自己嫌悪に陥った。度し難いアホに抗《あらが》う力が欲しい。

「というか、どうやって戦えばいいんですか？　武器もないのに。いや、武器があっても戦えませんけど」

ジン以外武器を持っていない。それ以前に、ありふれた一般人であるホムラにとって戦闘行為自体初めてのことだった。

発火能力はまともに制御できず、戦闘に使えるともホムラには思えなかった。火の弾を撃ったり、遠くのものを燃やせるわけでもない。

サイコも同じようなものだと思っていたところ、サイコはいつの間にか短刀を手にしていた。盗賊が持っていた短刀だった。勝手に拝借したようだ。

「あ、ずるいですよ、自分だけ！」

「安心しろ、そんなお前にはこれを授けてしんぜよう」

サイコはそれをどう隠し持っていたのか、白衣の中からあるものを取り出した。

「ほい。これ、何か分かんだろ？　アタシが合図したら投げろ」

「いやちょっと、流石《さすが》にこれは……」

それが何かは分かるが、ホムラにとって——いや誰にとっても、良いイメージのない物だった。

「なんだ、お嬢ちゃん。そんなもんで戦うってのかい？」

　重装な戦士とは別のもう一人、双刀を帯びた男が見くびった様子で言った。こちらはメイス戦士と違い、身体の要所要所に革製の防具を身に着けるだけといった軽装であった。あごひげを蓄えた飄々《ひょうひょう》とした男。

『そんなもん』。そう言われたそれは、口に布を詰めた瓶で、中には液体が。確かめるまでもなく、可燃性。

　――そう、火炎瓶である。

　こんなものを一体どうやって調達したのだろうか。

「流石にこれはマズいんじゃ……」

　傷を癒《いや》してもらえるとはいえ、ホムラの中の倫理観が猛烈に警鐘を鳴らしている。

　困惑真《ま》っ只中《ただなか》のホムラであったが、武器を準備したと見られたらしい。あろうことか試合開始の合図が叫ばれた。

「それでは、試合開始ッ！」

　始まってしまった。戦うしかない。

「ジンはあっちな」

「うむ」

　ジンはメイスを持った重装戦士、ホムラとサイコは二本の曲刀を持った軽装戦士を相手取る。

ジンは盗賊狩りのときに見せたような俊足で、メイス戦士に肉薄した。目にも留《と》まらぬ速さだった――が、しかし、男はそれに反応した。持っていたメイスを、ジン目掛けて振ったのだ。低く唸《うな》るような風切り音が鳴る。当たれば間違いなく、骨が砕けるどころでは済まない。

紙一重で躱《かわ》したジンは、勢いをそのままに跳び退《の》いた。

「思ったより手こずりそうだ。……だが楽しいな、死合うというのは」

細い日本刀では、堅牢な甲冑《かっちゅう》を着込んだ相手とは相性が悪い。

それでもジンは頬《ほお》を緩めていた。

下手すれば死ぬかもしれないという状況で。

一方サイコは短刀を片手に持ち、のんきに双刀戦士に近づいていく。

あちらも本気で構えることなく、距離を詰めてくる。そして、飛び込めば相手の懐に入る距離で、二人は止まった。

「言っちゃ悪いが、お嬢ちゃんは強そうには見えんね。大方、あっちの子が来るまでの時間稼ぎって感じなんだろ。他力本願で受かるほど試験甘くないぞー？」

「残念、不正解だ。お前はアタシらが直々にぶっ殺してやる。感謝しろ」

「そりゃ光栄だ――ねッ！」

男は言葉を紡ぎ終えぬうちに、サイコの首めがけて斬り込んだ。

だが、薄刃がサイコの細首を撫でようとしたそのとき、散ったのは血ではなく、火花だった。

「あっぶねー。死ぬかと思った」

サイコは斬られる一瞬前、上体を逸《そ》らしながら短刀で相手の刀身をいなし、斬撃を躱していたのだった。

「惜しい！　――あ、間違った。大丈夫ですか！」

「こいつぶっ殺したら、次はお前だからな！」

予想だにしていなかったが、サイコは意外と戦えるようだった。なにか戦闘訓練を受けていたのだろうか。

「ちょっとした小手調べのつもりだったけど、少しはやるね、君」

「天才だからな」

「じゃあ、もうちょっと本気出すぞ」

手加減されているとはいえ、二合、三合とサイコは退け続けた。しかし続けるうちに幾度かは掠《かす》り、浅い傷をその身に刻んでいく。

ジンもサイコも戦っているのに、ホムラは何もできずに立ち尽くすだけだった。何もしないのは歯痒《はがゆ》かったが、与えられた役割に専念する。

「力量も分かってきたことだし、そろそろ痛い目見てもらって終わらせようかね」

連撃の勢いが強まる。

このままでは押し切られる。そう予感したそのとき、サイコは懐に潜りこむように、大きく一歩踏み込んだ。

「終わんのはお前だ、あごひげ！」

今度はサイコが男の首を狙った。

勢いよく突き出された短刀。男の喉元を正確に貫こうとしたそれは、しかし男に届くことなく地面に落ちた。――サイコの手とともに。

いつの間にか、男は曲刀を振り抜いていたのだ。

目を離したわけではない。

だが本当にいつの間にか男は曲刀を振り抜いており、いつの間にかサイコは右手を斬り落とされていたのだった。

手首の刺青《いれずみ》がまるで切り取り線であるかのように、綺麗《きれい》に斬られている。

一刀で両断された細腕から、血が噴き出す。

「危ないねえ」

言葉とは裏腹に、余裕のある顔で男はこぼした。

「君、なかなか強いね。グルドフさんじゃなくて、俺の弟子にならな――あ？」

称賛を贈っている最中、男は足に違和感を覚え、顔からは余裕が消えていく。

男の太ももには、短刀が突き立てられていた。切り口から溢れる血が、ズボンを赤く染め上げていく。

「本命はこっちだバーカ」

余裕の笑み。

今まで徒手であったはずの左手に、もう一本短刀が握られている。

サイコは左手に隠し持っていた短刀で、捨て身の攻撃をしかけていたのだ。

いくら治療してもらえるとはいえ、自らの手をわざと斬り落とさせるとは、常人の発想ではない。

そして叫ばれる合図。

「ホムラ、今だ！」

「は、はい！」

右手を犠牲にするという捨て身の攻撃も、ただの足止めに過ぎない。本命の本命はホムラの火炎瓶だった。

ええいままよ！

「炎の精よ、私に力を貸して！」

今しがた考えた、まったく唱える必要のない呪文。そもそも魔法ではない。

「そんなんいいからさっさと投げろ、ボケ！」

「マジカルファイア！」

ホムラは渾身《こんしん》の力を込め、膝を屈している男を狙って火を付けた火炎瓶を投げた。

しかし、放物線を描いて飛んでいったそれは――。

「あぁあああああああああああああああああ――ッ！」

――ものの見事にサイコの頭に当たった。

割れる瓶。炎に包まれるサイコ。青ざめるホムラ。

「あ、やば……」

後で絶対怒られる。

サイコを火だるまにしたホムラであったが、罪悪感とは別に「天誅《てんちゅう》」の二文字が心中で踊っていた。

切り札の狙いが外れた。とはいえ、それすら活用するのがサイコだった。

「お前も道連れじゃ、あごひげぇぇえええええええ！」

ただでは倒れまいとファイアサイコは、男に組み付いた。炎は男にも燃え広がっていく。

男はサイコを引き剝がそうと必死にもがくが、サイコが拘束を緩めることはない。

「うぉおおおおおッ、熱ッ！　参った、参った！　降参だ、離れてくれ！」

その言葉を聞いてようやく、サイコは男を解放した。

男は炎をはたき、急いで消火していく。一方燃料まみれになっているサイコは、自身に付いた火をなかなか消せないでいた。

生半可な消火活動では消えないと悟ったサイコが次に取った行動は、次の道連れ相手に狙いを定めることだった。

つまり、ホムラへの報復である。

「次はお前じゃぁああああああ！」

鬼のような形相のサイコは、燃えながらもホムラに迫る。意外にもその足は俊敏で、ホムラは為《な》すすべなく捕らえられた。サイコに抱きつかれたまま二人は倒れ込み、仲良く炎に包まれる。

「ごめんなさぁあああああああああい！」

謝罪の声が会場に響き、反響するように笑い声が轟《とどろ》いた。当人にとってはまったく笑い事ではないのだが。

必死にもがくが、サイコの固い拘束は解けることがない。

「わざとじゃないんです！　許してくだ――」

そこでふと、ある事実に気付いた。ありえない事実に。

「あれ？　熱く、ない？」

燃えているはずなのに、熱くない。炎が生み出す空気の揺らめきは、確かに肌を撫でている。決して幻覚を見ているわけではない。

もしやサイコも本当は熱くないのではとも思ったが、サイコの肌は赤みを帯び、髪も焼け縮れている。やはり炎は本物だ。なにかが自分の身に起きている。

ホムラは自然と手に力を込めていた。なぜかは分からないが、今なら炎が言うことを聞くような気がして。

「サイコさん、じっとしててください！」

「出来るかボケぇ！」

憤怒の鬼と化したサイコは、それでも力強く組み付く。

「お願い！　炎よ、消えて！」

身を焼く炎よ消えろと、念じ、言い放つ。

すると、不思議なことが起こった。

燃え盛る炎が、手に呑《の》み込まれるようにして消えたのだ。サイコの身体には燻《くすぶ》りすらなく、炎があったという痕跡のみが残っている。

今までろくに制御できなかった発火能力が、まるで魔法のように扱えたのだ。

消えた炎の名残か、ホムラの手の平はじんわりと熱を帯びている。

「……あ？　消えた？」

自身を苛《さいな》む火熱が消え、きょとんとするサイコに、ホムラは抱きついた。自分で燃やし、自分で消し、勝手に喜ぶという自分勝手なハグ。

今にして思うと、この世界に来たときから感じている身体の違和感、その正体こそが自身の能力の変化、拡張だったのだろうと気付いた。もしかすると、これが魔法というものなのかもしれない。

ジンの常人離れした動きや、サイコの驚くべき反射神経。それらも、異世界で獲得した超常的な能力によるものだという方が納得がいく。

ホムラは目を輝かせる。

「あはっ！　すごくないですか？　私が火、消したんですよ！　こう、消えろーって感じで！」

「まず味方を燃やすなや！」

「その件につきましては、大変申し訳ありま――いだだだだだだ！」

サイコはホムラの顔面を力一杯鷲掴《わしづか》みにした。ぎりぎりと骨が軋《きし》む音が聞こえる。これが骨伝導というものなのかもしれない。

情けなく泣き始めた辺りで、ホムラはアイアンクローから解放された。

それと同時に、地面が轟音《ごうおん》とともに揺れた。驚いたホムラたちは、弾かれたように音の方へ振り向く。

そこには、メイスで地面を抉《えぐ》り飛ばす重戦士の姿があった。

「いいぞ、面白い！　少しばかり本気を出してしまったぞ！」

砕けた地面はジンを目掛け、弾丸のように飛び散る。掠りでもすれば重傷、まともに当たれば命はないだろう。しかし、それがジンに当たることはない。

飛来する岩塊の軌道が読めているのか、ジンはそれらの間を縫うように駆け抜けていく。よく見ると、ジンの左腕からは夥《おびただ》しい量の血が流れている。重い一撃を受けたらしく、明らかに骨が砕けていた。それでも俊足は衰えず、瞬く間に重戦士との距離を詰めていく。

本気を出した。

男は確かにそう言って武器を振るい、繰り出した技をものの見事に躱されている。にもかかわらず、まったく動じていない。

重厚な装備姿からは考えられないほどの一瞬の間にメイスを上段に構え、ジンが近づくよりも早く、それを振り下ろした。

「これで――どうだッ！」

地面に打ち付けられたメイスはジンを狙ったものではない。再び地面を砕き、岩塊を飛ばすことを目的としていたわけでもない。

砕いた地面が飛び散ることは単なる余波であり、狙いとする攻撃はまったく別のところにあった。

疾駆するジンの眼前。

地面が突然隆起したのだ。

天を衝《つ》く勢いで隆起した地面は岩の牙となり、ジンを穿《うが》たんとする。

これまでの力技とは違う。荒々しくも、だが確かに研ぎ澄まされた魔法攻撃だった。

しかし、そこにジンはいなかった。

誰もが黒髪の少女の敗北を確信していた。それほどまでに的確な狙いと威力で、必殺の技であるように見えたのだ。

何が起きたのか。ジンは振り下ろされたメイスの上にいた。

柄を足場にし、戦士が被る兜《かぶと》の薄い覗《のぞ》き穴に刀を差し込んでいる。

そして何より、楽しげな顔をしていた。

歪《ゆが》んだ口元と細めた目から狂気が垣間《かいま》見《み》える、狂った愉悦に満ちた顔。

痛みすらも楽しみ、ただひたすらに敵を打ち倒さんとした姿。

「参った……」

ジンが覗き穴から刀を引き抜くと、切っ先は少し赤く濡《ぬ》れていた。おそらく、目を突き潰したのだろう。

会場はその日最大の盛り上がりを見せた。

これまでの試合では、試験官が受験者を打ちのめして終わるというのがほとんどだった。しかし、手加減しているとはいえ、熟練の兵士をここまで追い詰めた者はいなかった。

「な、なんと、二人とも降参しました！　試合終了です！」

試合終了の合図。それと同時に、癒《いや》し手の女性たちが動き出す。

「金髪の子。ほい、落とし物」

双刀兵が、斬り落とされたサイコの手を投げてくる。サイコは無事にキャッチしたが、その乱雑な扱いに憤った。

「軽々しく人の手投げんな！　ああ、やば……血が足りんくてふらふらしてきた」

ふらつくサイコだったが、不思議なことに、その身体からはどことなくいい香りがした。

「あれ、サイコさん。なんかいい香りしますね。香水とかつけてましたっけ？」

「人が焼けた臭いじゃ！　ぶっ殺すぞ！」

確かにいい香りがしたと思ったが、それは人が焼けた臭いであった。どうしてそう思ってしまったのだろうか。ホムラは訝《いぶか》しむ。

炎を制御できるようになっただけではない。なにか別の変化も自分に起きている。

「ったく……。手《これ》、引っ付けりゃ治らねえかな」

「そしたら聖職者に転職ですね。それを機にお淑《しと》やかな言動でも身につけたらどうですか」

「うるせえ、これ以上ないほどパーフェクトレディだろうが。……あ、引っ付いた」

「うわ……気持ち悪……！」

サイコが腕の断面同士を密着させると、淡く光が放たれた。かと思うと、次の瞬間には手が平然と動き始めているのだ。これには癒し手たちも驚いていた。

「なんか、『魔王を倒す素質』ってのが分かってきた気がするわ」

治癒魔法を受けながら、サイコはぼやいた。ホムラも「ですね」と呟《つぶや》く。なんとなくではあるが、その片鱗《へんりん》が見えてきた。

魔法が当たり前のように存在する異世界においても、驚かれるような能力。おそらくは、卓越した能力や異端な能力。あるいはその在り方かもしれない。

「なんとか勝てた、といった具合だな」

「お疲れ、人斬り」

治療を終え、左腕が元通りになったジンが言う。その顔はいつもの仏頂面に戻っていたが、サイコはいやらしくそこを突く。

「いい笑顔だったぞー？　やっぱお前もこっち側の人間だな」

「おぬしと同じにするでない」

「そうですよ。サイコさんだけですからね、ゴッサム・シティの住人は」

「言っとくけど、お前もゴッサムしてっからな！　人燃やそうってときに訳分からん呪文唱えやがって！」

三人は下らない言い合いをしながら、出口に向かう。その背中を、割れんばかりの拍手が見送った。


フィールドを出た三人は、練兵場内の一室に案内された。

ドアを開けると中には、すらりとした背の高い、眼鏡を掛けた妙齢の女性が待っていた。栗《くり》色《いろ》の長い髪は一つ結びにされており、冷たさを感じるほど引き締まった雰囲気を身に纏っている。

好き勝手やったので処罰でもされるかと思ったが、単なる事務手続きだった。そういえば、勝手に乱入したので試験にエントリーしていない。

部屋の隅には事務机が置かれており、その後ろには本棚がずらりと並んでいる。中央にはテーブルと、それを挟むようにして置かれた二つの長いソファ。

それらは地味ながらもしっかりした造りになっており、実用性を重視していることが窺《うかが》える。

三人はソファに座ることを促され、それぞれの前に書類が出された。エントリーシートらしい。

就職活動みたいだ。いや、実際に就職活動なのか。

「怒られるのかと思っちゃいましたね」

何の気なしにホムラはこぼしたが、事務員だという眼鏡の女性は、食い気味に疑問を投げかけてきた。

「怒っていないとでも思っているのですか？」

「ヒエッ！　すみません！」

相当怒っていた。冷え冷えとした口調からは、身を焦がすほどの熱量の怒りが感じられる。眼鏡の奥の鋭い目が、ホムラを捉えて離さない。心なしか室内の温度が下がった気がする。

余計なことを言うなと言いたいのか、サイコが肘で小突いてきた。

「あなた方がやったことは言語道断ですが、その才能は本物です。国益のためと、上の命令でやむなく不問にし、なおかつ合格としているのですよ？」

「は、はい……。すみませんでした……」

「では、その書類に必要事項を記入してください」

依然として冷ややかな態度であったが、それ以上は追及されることはなかった。

というか、合格だったのか。火炎瓶投げただけなのに。

書類に目を通す。名前や性別などの個人情報や、後見人の有無などを記入するようだ。

そしてペンを取り、いざ書き込もうとしたときに気づいた。

「あれ、なんで文字読めるんでしょうかね」

そう、未知の文字を読めていることにだ。英語にそれとなく似た異世界の言語を、まるで日本語を読んでいるかのごとく理解していた。なんとも不思議な感覚。

「今さらかよ。こういう都合の良いことはさっさと受け入れろ。考えてもしょうがねえ」

「女神パワーですね」

何を言っているのか分からないというふうに、事務員は怪訝《けげん》な顔をした。

上から順に書類を埋めていったが、また少し手が止まった。悩んだのは、後見人の有無とその氏名だ。

勝手にグルドフの名前を書いていいのか少し躊躇《ためら》った。が、まあ許してくれるだろうと思って勝手に名前を書いた。罪悪感は一ミリ程度ある。

「それでは最後に、入隊志望部隊欄の『殲剣隊《せんけんたい》』に丸をつけ、志望動機をお書きください」

「そりゃ一択ですよね……」

有無を言わさぬ強制殲剣隊《せんけんたい》入隊志望。やはりヤバい奴等《やつら》は衛盾隊《えいじゆんたい》には入れないらしい。拠点を守る衛盾隊《えいじゆんたい》は住民たちと寄り添うことになるので、そりゃそうかと納得せざるを得ない。

志望動機欄には、全員「楽しそうだから」と書いた。案の定、事務員に顔をしかめられた。

この時点ですでに、魔王討伐はついでの目的になっていた。

記入欄を埋めた書類を手渡すと、引き換えに徽章《きしよう》を渡された。剣を模《かたど》った赤銅色のバッジ。

「これは殲剣隊《せんけんたい》である証《あかし》です。銅剣徽章《きしよう》、銀剣徽章《きしよう》、金剣徽章《きしよう》の順に階級が高くなっていきます。これを身に着けていると、様々な支援が受けられるようになります。大きなもので言えば、より上級の戦闘訓練や魔力技能研修、装備品の提供ですね」

「なるほどね。才能がねえ奴に割く時間も知識も物もねえってか」

「厳しく言えばそうなりますね。才ある者の育成に力を入れたいので」

国を守るためには、そういうことも必要なのだろう。

「ちなみに、あなた方が戦ったのは金盾徽章《きんじゅんきしょう》、つまり衛盾隊《えいじゅんたい》の金徽章《きしょう》位の方々です。普通なら何度か攻撃を届かせれば上等な部類なのですが——」

講習を大人しく聞いていると、ドアがノックされた。

「ジスカちゃん、入るよー」

「取り込み中です。帰ってください」

事務員ことジスカが間髪を容《い》れず拒否したのにもかかわらず、ドアは開けられた。

入ってきたのは、軽薄そうな金髪の男。浅黒い肌と相まって、チャラ男にしか見えない。

胸には盾を模った、光沢のある白色の徽章《きしょう》が輝いている。そういえば、ジスカも同じ徽章《きしょう》を襟に着けている。

「お、いたいた。さっきの面白い子たち。仲間燃やした子に、取れた手引っ付けた子、腕潰れても笑ってた子だ」

まったく否定出来ない呼ばれ方だったが、なんだか馬鹿にされているような気がして、思わずむっとしてしまう。

「なんだ、このチャラ男」

「主人公の見せ場を作るためにビーチでヒロインをナンパするモブチャラ男みたいですね」

「何言われてんのか分からないけど、酷《ひど》いこと言われてるのは分かるぞー？」

男は快活に笑った。チャラ男のくせに爽やかな雰囲気。

「それで何の用ですか、シグラット？」

「いやあ、この子たちを間近で見たくってね」

シグラットと呼ばれたチャラ男は、笑顔のまま答えた。ジスカの冷ややかな態度にも慣れているようだ。

「それでは用は済みましたね。ドアの場所分かりますか？　あちらですよ」

「冗談だって。先輩として、隊士たるものの心構えを説こうかと思ってね」

シグラットがそう言ってジスカの隣に座ると、ジスカはソファの端に座り直した。

すげない態度を取られても気にすることなく、シグラットは問う。

「君たち。力を持つ者の責務が何なのか、分かる？」

軽々しい口調とは裏腹に、その目は真《ま》っ直《す》ぐだった。真剣な問い掛け。

それにサイコは力強く答えた。

「魔王を倒す！　だろ？」

二人は一瞬、面食らって動きが止まった。次の瞬間にはシグラットは笑い転げ、ジスカは呆《あき》れたようにため息を漏らしていた。

笑いが収まると、シグラットは謝罪しながらも話を続けた。

「ごめんごめん。『持つ者は持たざる者の盾となれ』って言いたかったんだけど、そんなに気合入ってるなら言うことないね」

『ノブレス・オブリージュ』と似たような価値観か。こちらでは資産や権力だけではなく、優れた能力を持つ者も責務を担うようだ。

「ただ、修練は積んでもらうからね。流石《さすが》にまだ未熟だし」

真っ当に相手を追い込んだジンですら未熟だという。やはり試験官たちが本気の本気を出せば、ジンですら勝てるか危ういのだろう。

「魔力の扱い方いまいち分かってないでしょ。特にそっちの二人は」

ホムラとサイコの二人のことだ。

魔力の扱い方。サイコがやってのけたことが治癒魔法だというのは分かるが、発火能力《パイロキネシス》は魔法に入るのだろうか。

「某《それがし》もいまいち分からんが」

「よく分かってなくてあんなに強いんなら、それはそれですごいんだけど。でも、なにはともあれ修練！　治癒魔術と炎魔術は特に珍しいからね。ちゃんとした扱い方学んだ方がいいよ」

炎魔術は珍しい。火炎瓶を投げただけで合格できた理由が分かった。

「あー、だから私、合格できたんですね」

「そうです。希少な才能を腐らせるというのは大きな損失ですから。ただし、炎魔術は扱いが難しいうえに大変危険ですので、万が一査問にかけられた場合、厳しい尋問が行われることを覚悟しておいてください」

「は、はい……！」

ジスカの言葉に、ホムラは血の気が引いた。

この能力は異世界においてもそういう目で見られるのかと、暗い感情が胸の底に渦巻いていく。

無意識のうちに、ホムラは唇を噛《か》んでいた。

そのとき、唐突に背中を叩《たた》かれた。あまりの痛みに身体がのけぞる。

「しっかりしろ」

サイコの言葉で我に返る。

「いったぁッ！　ちょっとは加減してくださいよ！」

正確には、背中の痛みの方が我に返る大きな要因となっていた。

怖がらせすぎたと思ったのか、ジスカは少し動揺している。

「大丈夫？　ジスカちゃん言い過ぎることあるから、あんまり真に受けないでいいよ」

「いえ、大丈夫です……。大丈夫です」

依然として大丈夫じゃないのを察してかどうかは分からないが、サイコはすぐさま帰ろうと席を立った。

「手続き済んだんならもう帰るぞ」

「うん。じゃあ、これから何すればいいかは、グルドフさんから詳しく教えてもらってね」

「ほーい」

サイコは気だるげな返事をして、部屋を後にした。


家に戻った三人を待ち構えていたのは、青筋を立てたグルドフだった。すでに事情を把握しているようだ。

「無茶《むちゃ》なことをしよって！　バカタレが！」

三人仲良くゲンコツを食らった。脳が揺れる。

「行けると判断したから行ったんだよ。つまり、無茶ではなーい！」

サイコは追加でもう一発ゲンコツを食らった。

「こうなれば、どこに出しても恥ずかしくないような隊士になってもらうぞ。お前たちは止めても止まらんからな。出来得る限り真っ当になるよう矯正する方針でいく。とりあえず、何事も相談しなさい。内容によって怒りはするかもしれんが、止めはせん。いや、止めることもあるかもしれん！」

こんなに迷惑をかけても家から追い出さないとは、義理に厚いというかなんというか。

「お人好《ひとよ》し過ぎて引くわ。……ん？　そういや、おっさんのバッジは金色なんだな。実は結構強いのか」

グルドフの胸には、金色の盾徽章《きしょう》が。

「あれ、そういえばジスカさんたちのは白色でしたっけ？　白は事務員ってことなんですかね？」

「シグラットとかいうチャラ男、事務仕事出来なそうだけどな」

「あー、確かにそうですね」

それを聞いたグルドフは、みるみるうちに青ざめた。何かおかしなことを言ってしまったのだろうか。

「馬鹿者！　シグラットたちは『護国聖盾将《ごこくせいじゅんしょう》』といって、衛盾隊《えいじゅんたい》の筆頭なのだぞ！　まさかお前たち、無礼を働いてはいないだろうな！」

顔を真っ赤にしながら、唾を飛ばす勢いで怒鳴る。青ざめたり赤らめたりと、顔が忙しい。

後で説明を受けたが、衛盾隊《えいじゅんたい》には殲剣隊《せんけんたい》にない白徽章《きしょう》の階級があり、実力は金徽章《きしょう》から見ても雲の上とのことだった。

「そんなに強いのか、あいつら」

「強いなんてものじゃない。民だけでなく、国それ自体の護《まも》りを任されているような実力者だぞ。『砕氷鎚《さいひょうつい》ジスカ』『竜穿《りゅううが》ちのシグラット』という二つ名を聞いて、畏怖の念を抱かん奴はおらん」

ただの怖い事務員とモブチャラ男だとばっかり思っていたが、ホムラたちが足元にすら及ばない存在であるらしい。

——が、二つ名というものの方が三人の興味を引いた。

「おお、二つ名！　格好良いですね！」

「んじゃ早速二つ名決め会議でもすっか！」

「武者修行にも精が出るな」

にわかにテンションが上がった三人娘を見て、グルドフは長い長いため息をついた。

「自ら名乗るものではないというのに……」

五章　『竜穿ち』

入隊試験の翌日、ホムラたちはグルドフ邸の執務室に集まっていた。

「集まってもらったのは他でもない、君たちの今後についての話だ」

執務室にはガラス窓を背にするように執務机が置かれており、壁際には本棚が並んでいる。隙間なく並べられている本の背表紙には、なにやら難しいタイトルが綴《つづ》られていた。

そして目の前にいるグルドフも難しい顔をしていた。

「君たちと出会って毎秒驚かされている気がするが、またしても驚かされたよ。なんとファルメア様が君たちに話があるから教会に来てくれとのお達しがあった」

「誰だよ、そいつ」

「はあ……、やはり知らんか。ガルドルシアの国教たる《聖月《せいげつ》の眼差し》の教主にして神託の巫女《みこ》、要するに国の最上層部が君たちに会いたがっているのだよ。にわかには信じられんが、君たちは本当に特別な存在らしいな」

グルドフ、遠い目。

今まで突拍子もないと思っていた発言が、唐突に現実味を帯びてきたようだ。

「だから言ったろ。……んで、宗教のお偉いさんがアタシらに何の用があるんだよ」

「ファルメア様は宗教指導者であるが、殲剣隊《せんけんたい》と衛盾隊《えいじゅんたい》を束ねる軍事指導者でもあるのだ。今後の方針についての指示があるのは間違いないだろうな」

「軍事と宗教の総帥って……なんだか物騒ですね……」

　ホムラは歴史の授業を思い出した。宗教的な正義の名のもとに多くの血が流れたという、現代まで連綿と続く暗い歴史。

「滅多《めった》なことを言うんじゃない。君たちの故郷ではどうだったかは知らんが、ここではそういうものなのだよ」

　真剣な表情で睨まれ、ホムラは思わずたじろいだ。

「まあいい、話を戻すぞ。ファルメア様は神降ろしにより私たちが崇《あが》める女神様を呼び降ろすことができるのだが……。どうせ君たちは会ったことがあるのだろう？」

「まあな」

「もうちょっとやそっとじゃ驚かんからな。分かっているとは思うが、無礼なことだけはするんじゃないぞ？　最悪、地下牢《ちかろう》行きだからな」

「無礼なことか……。跪《ひざまず》かせようとしたことくらいか？」

「貴様ぁああああ！　ちょっとこっち来い！」

　サイコは全速力で部屋から出て行った。

頭に血がのぼったグルドフを特にフォローするでもなく、ホムラたちは送迎用の馬車に乗り込み、教会へ向かった。

プロトとツツミはまたしても変装しなければならず、しかし今度こそ身の丈に合ったローブが用意されていた。そのローブは二人のためにメイドが仕立ててくれたもので、慮外《りよがい》のことだったのにもかかわらず、その仕上がりに甘さはない。

犯罪者でもないのに姿を隠さなければならない二人を見て、ホムラはいつの日か二人が堂々と表を歩ける日が来ることを願った。なにしろ、二人よりイカれた人間《サイコ》が平然と日の下を闊歩《かっぽ》しているのだから。

教会は練兵場のすぐ隣にあった。

行きがけに馬車の御者に聞いたところ、教会といっても礼拝するだけの場ではなく、複数の施設が併設されているらしい。

負傷者や疾病者に治療を施す治療院。孤児を一定年齢まで預かる孤児院。教会に住み込みで働く神官たちの寮等々。それらを内包する教会は、広大な敷地面積を誇っていた。

街並みに派手さはないが、教会だけは荘厳さが感じられる意匠が施されている。それだけ重要で、神聖視される施設なのだろう。

馬車から降りて少し歩くと、教会の最奥、『神託の間』と呼ばれるところに着いた。そこは礼拝堂よりも数段小さい建物だったが、厳かな雰囲気が漂っている。

「おい、何の用だ」

槍《やり》を携えた番兵が、厳しい口調で問い詰めてくる。

怪しまれるのも無理はない。見慣れぬ装い——異世界の学校の制服を着た少女五人がぞろぞろやって来たのだ。しかも、そのうち二人は姿を隠すように、羽織っているローブのフードを目深に被っている。

ただ、そんなことよりも余計なことを言って面倒を起こす厄介者がいた。

「ちょっと女神を跪かせに」

「おい、こいつを地下牢にぶちこむぞ」

「冗談に決まってんだろ！　ファルメアとかいう奴《やつ》に呼ばれたんじゃ！」

槍を差し向けられたサイコは、手を上げながらも声を荒らげる。

「お別れですね、サイコさん。地下牢でもお元気で……」

「おぬしとの旅もここまでか」

「寂しくなるね……。いや、特に寂しくはないか」

「ばいばい……サイコ……」

「薄情者！」

全員でサイコをお見送り。

とはいえ、サイコが本当に地下牢に行くことはなかった。

「落ち着けって。この恰好《かっこう》、ファルメア様が仰《おっしゃ》っていた通りじゃないか」

扉を挟んで反対側に配されている番兵が、穏やかな口調で宥《なだ》めるように言う。

「ああ、すまん。思った以上に妙な装いだったもんでな」

「ぜってえわざとだろ……」

「いや、サイコさんが馬鹿なこと言わなければ良かったんでしょ……」

「ははは、こいつら面白いな！」

「事情は聞いてるから、通っていいよ」

「んならさっさと通せや……」

『神託の間』の扉が開かれる。

嗤《わら》いと苦笑いに挟まれて通された『神託の間』は、幻想的な空間だった。

「わあ、きれい……」

夢幻に包まれたような心地に、自然と感嘆の念が漏れ出る。

礼拝堂と違い会衆席がない分、神託の間は細く狭い。左右の壁には細長い青いステンドグラスがはめ込まれており、朝の日差しが床を淡く照らしている。そして向正面には《聖月《せいげつ》の眼差《まなざ》し》の名の通り、ステンドグラスに象《かたど》られた夜空に浮かぶ月がホムラたちを見下ろしていた。

見下ろしていた――そう感じるのは、月がちょうど瞳になるように、鉛線で目の形に縁取られているからだ。

「そういえば、あの真っ白空間でも月の瞳が見下ろしてましたよね」

「ん？　そうなのか？」

サイコは首を傾《かし》げる。

「あら、見てなかったんですか」

ホムラはジンやツツミたちにも目を向けるが、サイコと同様、釈然としない表情をするばかりであった。

「すんごいおっきな目があったんですよ、空に」

「ホントかあ？」

「本当ですって」

奥まで続く深紅のカーペットを進んでいく。赤い道の先には祭壇があり、その祭壇に飾られているのは、杖《つえ》のような槍のような不思議な装具。

祭壇の手前には法衣《ほうえ》を着た妙齢の女性が、一段下がってさらに手前には、女性に何か報告している役人らしき男たちがいた。村の被害がどうとか言っているのが聞こえる。おそらく、近隣地域の状況を伝えているのだろう。

男たちは報告を終えると一度跪き、神託の間から去っていった。

神託の間にはホムラたちと、ファルメアとその付き人だけ。事情を知っているだろうということで、プロトとツツミはフードを脱いで顔を晒《さら》した。

ファルメアと向き合う。

彼女の法衣は白と紺碧《こんぺき》の二色で組み合わされており、ところどころ金の縁取りが施されている。ロザリオのように首に掛けているのは、月を模《かたど》った白いペンダントトップのネックレス。月輪《げつりん》徽章《きしょう》は神官の身分を表すものらしい。彼女が身に着けている徽章《きしょう》の色は白。おそらく最上位の徽章《きしょう》だ。

幻想的な空間や清廉な装いに負けず、ファルメア本人もまた目を見張るような容姿をしている。

腰まで伸びる薄い金色の髪には、絹のような美しい光沢。浮かべた笑みからは柔和な印象を受けるが、相対しているだけで背筋が伸びるような凛々《りり》しさが。

だが気品だけではないその姿に、ホムラは無意識に口を開いていた。

「あ――」

驚愕《きょうがく》が言葉になる前に口を手で覆う。

ホムラたちの視線の先。なによりも目を引いたのは、目元を覆う白銀の仮面であった。中央に大きな一つ目とそれを囲うように緻密な紋様が彫られている。

驚くべきなのは、その繊細な細工ではない。

仮面自体の構造だ。

その精巧な銀細工の仮面には、覗《のぞ》き穴はどこにも見当たらないのだ。

そして見間違いでなければだが、顔に張り付いているその仮面は、金具で顔面に直接縫い付けられているのだ。その悍《おぞ》ましさが、ファルメアの神秘的な雰囲気を際立たせている。

ホムラたちは全員、ファルメアの姿から目が離せないでいた。

「いらっしゃい。会いたかったわ」

にこやかな挨拶。ふんわりとした声は耳に心地よい。

厳かな雰囲気の場所と人物だったが、投げかけられたのは意外にも気さくな言葉だった。そのギャップに少し面食らってしまう。

「初めまして、私がファルメアよ。貴方《あなた》たちのことはイレーネちゃんから聞いているわ」

「ど、どうも……？」

思わずホムラは口ごもってしまった。

イレーネ。聞いたことのない名前。だがファルメアはその人物を通じて自分たちを知っているらしい。

「それがあいつの名前か」

サイコだけは理解しているようだ。

「はい。あ、直接話したいそうなので、ちょっと降ろしますね」

話に追い付けない。一体何を話しているのだろうか。

そんなホムラはさておき、ファルメアは突如柔らかい光に包まれた。思わず手で光を遮ったが、眩《まばゆ》いほど輝いたのは一瞬だけだった。

光があった場所。今の今までファルメアがいたそこには、一人の少女が立っていた。その少女は美しいブロンドの髪を揺らめかせ、月色の瞳でこちらを見ている。

「またお会いできて嬉《うれ》しいです、みなさん」

子供らしい容姿に不釣り合いな大人びた雰囲気、聞き覚えのある声。

「ああ、『女神様を呼び降ろす』っていうのはこういうことだったんですね」

その少女は、ホムラたちをこの世界に招いたこの世界の創世神だった。どうやらファルメアを依《よ》り代として顕現できるらしい。

そんな「ちょっとコンビニ行ってくる」くらい気軽に神降ろしができるのか……。

「それにしても……」

ホムラは即座に顔を緩める。

「イレーネちゃんって名前なんですね」

「うっ……、あなたの笑顔を見てると、なぜかぞわっとするのですが……」

寒気を感じたイレーネは、自身の身体を抱いた。

「なあ、本題の前に訊きたいんだが、なんでアタシらだったんだ？」

ホムラが無駄に緩ませた空気をサイコが引き締める。

それはサイコだけでなく、全員が知りたかったことだった。

なぜこの五人が選ばれたのか。

「それは……聞いても怒りませんか？」

問い詰められたイレーネの声には、気まずさが乗っていた。

「内容による」

「ですよね……。正直に言いますと、ほとんど偶然です」

もっと「前世が勇者だった」みたいな理由を期待していたホムラは、内心落胆した。

それでもサイコは怒るでもなく、興ざめするでもなく淡々と追及する。

「じゃあ、その『ほとんど偶然』じゃない部分は何だ？　それが『魔王を倒すことのできる素質』ってやつか？」

「そうです。基準は様々ですが、あなた方の魂は異質な在り様だったのです。そのような方は、得てして優れた、あるいは希少な魔法適性を持っています」

「アタシらの世界には、魂が歪《ゆが》んだ奴が多いってか？」

「言い方を悪くすれば、そうですね。この世界では珍しい魂の持ち主があなた方の世界には多いのです。生の在り方が異質なサイコさんやジンさん。人でありながら人ではないツツミさん。地球の生命体ではなかったプロトさん。そしてホムラさん、あなたは……」

言い淀《よど》む。

「あなたには、凄《すさ》まじい能力が秘められています。潜在能力の高さで言えば、五人の中であなたが群を抜いているのですが、身を滅ぼしかねないほどの強さなのです……。どうか、どうか、その力に飲み込まれないようにしてくださいね」

「私の……潜在能力が……？」

五人の中で群を抜いている。

それはホムラが調子に乗るには十分すぎる言葉だった。

「うっ……！　封印されし右目が疼《うず》く……！　みんな、私から離れて！」

ホムラは別に封印されてもいないし、疼いてもいない右目を押さえて苦しみだした。

「どうかなさったのですか！」

「おい、ジン、大惨事になる前にこのアホの首斬り飛ばしとけ」

「任された」

しゃらりと刀が抜かれる。

「うっそでーす！　ピースピース！」

中二病ムーブが大不評だったのでダブルピースでなんとか場を和ませようとしたが、サイコからビンタを一発もらった。痛い。

「冗談だったんですね、驚かせないでくださいよ……」

「こいつ調子乗るとめんどくせえな」

——それにしても、とホムラは思った。ちょろっと火を操れるだけの自分が、五人の中で本当に一番高い能力が期待できるのか、と。嬉《うれ》しくもあり、怖くもあった。それだけ普通の人間ではないということだから。

超能力とはいったい何なのだろうと、つくづく思ってしまう。

「私はこの世界を一人で作り上げ、管理しているので、自分の世界にも他の世界にも干渉する余裕があまりないのです。素質だけでしか選定する余裕がなく、招いたのが偶然あなた方だった、というわけです。死者ならばこちらに連れてきやすかった、というのもありますね」

「ふーん、そういうもんなのか」

「はい、そういうもんなのです」

そういうもんなのか。

要約すると、こちらに連れてきやすい死者の中でも、ヤバい奴らを選んだということだ。

「悲しいことに、正義には力が必要ですから」

「正義……」

力なき正義は無力である。そのことは理解しているが、そこに孕《はら》む危うさの存在もまた理解している。ホムラはまた歴史の授業を思い出した。

「こっちに来てまだ長くねえからよく分からんが、この世界の……いや、お前の正義ってなんだ？」

サイコの問いかけに、イレーネは少し驚いた顔をした。

「そう聞かれると、答えに困りますね……。私は私を信じて悪を許さず、平和を目指してきただけですから」

悪を許さず、平和を目指す。それは確かに正義だが、神様であってもその程度の漠然とした認識らしい。

意外と人間っぽいというか、なんというか。神様と人間の視座は、思ったほど違いがないのかもしれない。

「でも、私を信じてください！　この世界で暮らしていれば、私が正しいと理解していただけますから！」

正義を疑われていると思ったのか、イレーネは必死に説得しようとする。

「ちょっとサイコさん、困らせちゃってるじゃないですか……」

「信じて、ねえ……。いやなに、そこまで深いこと聞いてるわけじゃねえよ。許されると思って好き勝手やってたら、いきなり『悪』認定されて処刑！　なんて展開が嫌なだけだ」

「そういうことでしたか……。そこは『悪いかも』と思ったら、各々の判断で自重してくださいね。もし行き過ぎた言動があれば、その都度説教しますから」

度が過ぎれば、神様に説教されるらしい。レアな体験だが、体験したくはない。

「へいへい、分かった。じゃあ聞きたいことも聞いたし、帰るわ」

サイコは納得した顔で踵《きびす》を返す。

「わざわざ立ち寄ってもらってすみません。お気をつけて……じゃない！　まだ本題が残っていますよ！」

「そうだったわ、忘れてた」

とぼけた顔をするサイコ。絶対わざとだ。

「もう、私、怒っていますからね！　魔王を討伐してもらう以上、あなた方に殲剣隊《せんけんたい》に入隊してもらうのは決まっていたのですが、段階を何段もすっとばしていきなり試験に乱入するだなんて……。本当に、根回しが大変だったんですよ？」

さっそく説教された。

申し訳ないが、ぷんぷんと怒るイレーネは可愛《かわい》い。

このように怒られるのが分かっていたからこそ、サイコは足早に帰ろうとしたのだと思う。

「普通は自分に合った場所で修練を積んで、それから試験に臨むのですよ。後で紹介状をお渡しするので、それぞれの場所で修練を積んでくださいね」

「はーい！」

「返事だけはいいですね……」

神さえおちょくる。それがサイコ。

「そして申し訳ないことに、プロトさんとツミさんはしばらくはお留守番ということになります。理由は分かりますね？」

「またかー。掃除するくらいしかすることないんだけどー」

「うん、寂しいね……」

「重ね重ね申し訳ありません、お二方は特に根回しが必要ですので……」

市民に二人が魔物だと認識されれば、魔王討伐どころではなくなるかもしれない。慎重に慎重を重ねるのは無理からぬことだった。

「そしてお話しすることがもう一つ。魔王についてです」

イレーネの顔が、これまでになく険しくなった。

「魔王が出現し、戦乱を巻き起こしたのはおよそ百年前。魔王の影響で魔物が勢いづき、世界は戦乱による混沌《こんとん》に満たされました。この国も壊滅の危機に陥りましたが、なんとか撃退し、平和を手にしました。ですが近頃、再び魔物たちの勢力に異変が起きています。百年前の魔王が活動を再開したのか、魔王の後継の仕業であるかは不明ですが、この異変の中心人物を魔王と推定し、あなた方にその討伐の手伝いをしてほしいのです」

「待て待て、それ以前に魔物ってなんだよ」

何となくゲームや漫画で見た魔物を想像していたが、確かにこの世界の魔物とは何かを知らない。

「ああ、そういえばそうでした。魔物は何らかの要因で魂が歪《ゆが》み、異形と化した存在のことです。訓練生であれば、戦闘訓練の一環として相見《あいまみ》えることが普通なのですよ。その段階を飛ばしているから――」

「あー、はいはい！　悪うございました！」

再び説教が始まり、悪びれた様子もなくサイコは謝罪の言葉を吐き捨てた。

「話を戻しますが、これまで未確認であった種類の魔物が発見されることもあり、それも魔王の活動であると睨《にら》んでいます。おそらく魔術によって魂を歪ませ、人為的に強力な魔物を作っているのだと思われます」

「人為的にバケモンを作んのか。恐ろしいな……」

四人全員が、無言でサイコを見つめた。

死刑囚を実験台にしていた奴《やつ》がどの口で言っているのか。四つの視線には批判の念が込められていた。当のサイコは意に介していないが。

「人為的であれどうであれ、強力な魔物というのは、金剣隊士の部隊を壊滅させるほどの力を持っています」

「金剣隊士って……、昨日戦った人たちと同じ階級ですよね……？」

「そうです。先日も、金剣隊士の部隊がひとつ壊滅させられました」

「あな恐ろしや……」

金剣隊士――金剣徽章《きしょう》持ちの隊士といえば、昨日の入隊試験での試験官と同じ「金」の階級だ。彼らのような猛者が束になった部隊でさえ太刀打ちできないという。今の時点ではジンが一番実力を認められているが、シグラットの言う通り修練が必要だ。

素質があると選ばれたからといって、今のままでは足手まといにすらならないだろう。勝手に巻き込まれたこととはいえ、それでも魔王討伐は自分たちが決めたことだった。このままではいけない。

ホムラが実力不足を痛感していたそのとき、鐘の音が大きく響いた。

反響に包まれるなか、番兵の一人が勢いよく神託の間に飛び込んできた。プロトとツツミは急いでフードを被ったが、番兵の眼中に二人は入っていないようだった。

「報告します！　大型の竜が一匹、こちらに向かってきているとの報《しら》せが入りました！」

先ほどの鐘の音は、危機が迫っていることを告げる警鐘だったらしい。

竜。強力な魔物であろうその存在《ファンタジー》に、ホムラは不謹慎ながらも胸を躍らせた。

ドラゴンに会える！

イレーネは光に包まれ、ファルメアが姿を現した。

女神の依り代になっていたとはいえ状況を把握しているようで、ファルメアは指示を一言告げた。

「分かりました。それなら、シグラットを向かわせて」

「ハッ！」

指示を聞き届けた番兵は敬礼をした後、勢いよく出て行った。

ちなみに口が悪かった方の番兵だ。

「こう言うのもなんだけど、ちょうどいいわね。お勉強としてシグラットの戦いを見学するといいわ。びっくりするくらい強いわよ？」

目元は仮面で覆われているが、自慢げな表情をしていることは声からも分かった。

「あのチャラ男のー？」

「正直、強いとは思えませんけどね……」

「そうか？　ふざけているようで身のこなしは見事だったがな」

「あー、ずるーい。まーた三人だけ知ってる世界のこと話してるー」

「むう……！」

ホムラは口を尖《とが》らせたツツミの頭を撫《な》でる。

「案内させるから、城壁から見るといいわ」

そばに控えていた侍女が、こくりと頷《うなず》いた。

城壁の上はかなりの高さだった。

壁が分厚いため、城壁の上部に設けられている歩廊も五人が余裕を持って歩けるほど広い。

胸壁《きようへき》越しに西を見やると、遥《はる》か遠くに巨大な飛行生物が見えた。

遠目に見るそれは翼の生えたトカゲで、まさしく「ドラゴン」といった姿をしている。ただ、大きさが尋常ではない。

巨大な翼を持ち岩のような鱗《うろこ》で覆われたそれは、城壁からかなり距離があるはずなのに、その姿に威圧されてしまうほどに大きい。

だがホムラは、辺りを見渡しておかしなことに気づいた。

付き人の指示によって付近に人はいないが、遠くに見える兵士たちは気楽に見物しているように見えたのだ。

番兵の慌てようから緊急事態であることに間違いはない。城壁の外で農作業をしていた市民たちも壁内に避難している。

つまり、それだけシグラットが強いということだ。

「たまに来るんだよねー、ああいう場違いに強い魔物が。頼んだら帰ってくれないかな」

ホムラたちの背後に、いつの間にかシグラットが立っていた。

「うわ、出た」

　思わず素直な感想が出る。

「やあ、また会えたね」

　甲冑《かっちゅう》に身を包み顔は見えないが、この声とチャラさはシグラットだ。

　竜を模したような意匠が施された暗紫色の鎧兜《よろいかぶと》を身に纏《まと》い、その手には長槍《ちょうそう》が携えられている。

「そんなに強いんですか？」

「多分あれ、この前金剣隊士たちの部隊を壊滅させた魔物だろうね。背中に見覚えのある剣が刺さってる」

　ホムラは目を凝らしてみたが、竜の背中に何かが刺さっているということしか分からなかった。竜の体軀《たいく》は巨大で、刺さっている剣がまるで爪楊枝《つまようじ》に見えるスケール感だ。

「んなことはどうでもいいからさっさと見せろや、護国聖盾将《ごこくせいじゅんしょう》の実力とやらを」

「感傷に浸る暇くらいくれよ……」

　呆《あき》れまじりに言いつつ、シグラットは胸壁の上に立った。

　まさかと思った次の瞬間、シグラットは凄《すさ》まじい脚力で跳躍した。その衝撃で城壁に亀裂が入る。

　三〇メートルをゆうに超す高さの城壁だ。普通の人間ならば死んでいる。

　だがシグラットは城壁からかなり離れた場所に難なく着地し、何事もなかったかのように迫りくる竜を睥睨《へいげい》した。

「今のがシグラットって人？　ただのチャラ男にしか見えないんだけど」

「話を聞く限り、ジャンプが得意なだけのウザいチャラ男じゃないらしいな」

「ほとんどモブみたいな扱いだけどイケメンだから妙な人気はあるチャラ男キャラみたいな人ですけど、本当に強いんですかね？」

「僕が言うのもなんだけど、ひどい言われようだね……」

期待と不安を飛び交わせていると、案内役の侍女が口を開いた。

「安心してください。シグラットが負けても、国の守りは完璧ですから」

「なんか、微妙に期待されてないいんですね……」

そんな悪口を背に受けながら、シグラットは武器を構える。

シグラットは左手を突き出しながら、槍を持つ右手と右足を思いっきり引いた。

投擲《とうてき》の姿勢だ。

身に纏う鎧は、槍を投擲するために右肩の守りを薄くしていた。

「そんじゃ、やりますか！」

掛け声とともに、シグラットの右手が紅《あか》く光り始めた。その光度は徐々に増していき、同時に手に持つ槍を伝っていく。

「あいつの剣、壊さねえように手加減しないとな……」

ものの数秒で長槍《ちょうそう》は膨大な光を帯び、燦然《さんぜん》と輝く耀光《ようこう》の槍へと姿を変えた。

迸《ほとばし》る光は空気を切り裂き、けたたましい音を響かせる。その音は、城壁の上にいたホムラたちの耳にも届いていた。

光槍を滾《たぎ》らせたまま、シグラットは遥か先の竜に狙いを定め――――投擲した。

「オ――ラァッ！」

咆哮《ほうこう》が響く。地を蹴った右足は砂塵《さじん》を巻き上げ、踏み締めた左足は地を砕いた。

投擲された光槍は、紅《あか》い彗星《すいせい》となって飛んでいく。大気を震わせ、光の尾を引き、超高速で飛んでいくそれは、狙い違わず遥か先を飛翔《ひしょう》していた竜の頭部に着弾した。

……かのように見えた。

竜の頭を穿つその寸前、突如として現れた光の障壁が光槍を押しとどめたのだ。

魔法による防壁。ホムラは入隊試験のことを思い出した。

ジンと戦っていた重戦士が吹き飛ばしていた岩塊が、観客席に届く前に光の障壁で弾かれていた。

それと同じことをあの竜は、目にもとまらぬ速さで飛来した槍に対して行ったのだ。

光の槍と壁がぶつかり、けたたましい音が鳴り響く。突き崩されまいと壁は阻み、槍はそれでもなお貫かんと勢いを増していく。

その堅牢《けんろう》さと破壊力は拮抗《きっこう》しているかのように見えたが、次の瞬間、光の壁に亀裂が入った。

それからは一瞬だった。

障壁を貫いた槍は、竜の頭部を穿つ。

「ガァアアアアアアアアアア――ッ！」

竜の咆哮。

しかし、それは断末魔の叫びではなかった。

信じられないことにまだ竜は生きており、怒り狂った様子でシグラット目がけて滑空してくる。

ホムラたちが戦慄してしまうような竜の姿を見ても、シグラットは余裕の態度を崩さなかった。

「まだ攻撃は終わってないぞ？」

哀れみにも似た言葉。

それを言い放ったと同時に槍は光を膨れ上がらせ――爆《は》ぜた。

爆裂した紅《あか》い閃光《せんこう》が、竜の頭部を轟音《ごうおん》とともに消し飛ばしたのだ。

ホムラたちは槍が放った衝撃を身に受け、言葉を失う。

現代兵器に匹敵するほどの火力。

竜の残骸は糸が切れた操り人形のように、慣性の法則に従うままシグラットの眼前に墜《お》ちた。

巨竜と大地が轟《とどろ》かせた衝撃音を聞いてようやく、ホムラたちは意識を取り戻した。

「チートですね……」

「ハリウッド映画じゃねえか……」

「ほう、これが護国聖盾《ごこくせいじゅんしょう》将か」

「あれ、人間って呼んでいいのかい？」

「び、びっくりしたあ……」

異口同音。それぞれが口にした言葉は違えど、意味することは同じだった。全員、この国の最高クラスの戦力に畏怖の念を抱いたのだ。

その姿はまさしく、《竜穿ち《りゅううがち》》。

見物していた兵士たちが歓声を上げ、シグラットは竜の背中に刺さる剣を引き抜きながら手を振って応える。

「あんな人がいるなら、私たちいらないんじゃゃ……？」

これからどんな戦いが起きようと、シグラットがいれば勝てると確信してしまう。そんな戦いだった。

ホムラの疑問に応えたのは、珍しく渋い顔をしているサイコだった。

「馬鹿か。あんな奴がいるってのに、わざわざアタシらがこの世界に呼ばれたってことは、あいつと同等以上の働きを期待されてるってことなんだぞ」

その言葉を聞いて、ホムラは青ざめる。

「無理ゲーじゃないですか……」

自分がいくら潜在能力に恵まれていても、あれほどの戦いができる気が微塵《みじん》もしない。

無理ゲーだった。

「ちなみに、百年前に魔王の放った攻撃の跡があれですよ」

侍女が指し示す方向には、妙な渓谷があった。

「もしかして……」

「ええ、魔王の一撃で地形が抉《えぐ》れているんです」

「無理ゲーじゃないですか……」

シグラットの放った攻撃とは、規模がまるで違う。それに加え、そんな魔王を撃退したというのだから、ガルドルシア側にはさらに強い兵士がいたということになる。

そこにたどり着くまでにどれほどの修練を積めばいいのか。

無理ゲーだった。


気づくと見物していた兵たちは引き上げており、監視にあたっている兵しか見当たらなくなっていた。

「それにしてもこの高さから飛び降りても大丈夫だなんて、本当に人間をやめる勢いで強くならないといけないんですね……」

場が落ち着いたこともあり、ホムラは何の気なしに胸壁から下を覗《のぞ》き込んだ。

「あれ……？」

遥か真下にある地面を見た瞬間、今まで抱いたことのない恐怖がホムラを襲う。

死の直前に見た光景と重なり、記憶《傷》が呼び覚まされたのだ。

理不尽と笑顔。人間の醜さ。それらが汚泥のように混ざり合い、ホムラの心を蝕《むしば》む。

視界はぐらりと揺れ、まともに立てているか分からない。

助けを求めようにも声が出なかった。

自分が思っている以上に、死の経験は心に爪痕を残している。

誰か助けて。

「――い！　おい！　ホムラ！」

恐怖に溺れ、沈んでしまいそうになっていたそのとき、誰かが耳元で名を呼んだ。

その声を聞いた途端、心は光のもとに引き上げられた。

肩を摑《つか》んで揺さぶっていたのは、サイコだった。

「す、すみません……。あまりの高さに目がくらんじゃいました」

無理やり平静を装う。が、そんなことしても無駄なのがサイコだった。

「飛び降りしたときのことでも思い出したんか？」

「もう、デリカシーないですね！　人が死んだときのことをずけずけと！　って……あれ、飛び降りってこと話しましたっけ？」

思い返しても、自分の死因について何一つ話していないはず。

「いや、諸々《もろもろ》の観察でそうなんだろうなあと思っただけ」

「その観察眼をもっと良いことに使ってくださいよ！」

「いじめか？」

「……まあ、そんな感じです。薄っぺらい人間の気持ち悪さから逃げようとしたんですよ。突発的に飛び降りたんで、自殺っていう意識はあんまりないんですけどね。ほんと、繋《つな》がってない事実と事実を妄想で結び付けて、『納得できる』って理由で真実にたどり着いたような気になってるんですよ……あいつら」

理不尽と笑顔。人間の醜さ。

「何言ってんのか分かんねえけど、なかなか壮絶な人生を歩んでんだな、お前。ちなみにアタシは銃弾ぶちこまれまくってハチの巣になって死んだ」

「いいですって、そういう話は！　これ以上日本の闇知りたくないです！」

「某《それがし》は――」

「だからいいですって、流れに乗らなくて！」

「僕は――」

「わざとやってるでしょ！」

「ツツミはね――」

「ツツミちゃんまで！」

他愛《たわい》ないことで声を張り上げる相手がいると、不思議と心が温まってきた気がする。

「もう、みんなしてからかって！　シグラットさんの戦いも見終わったし、帰りますよ！」

ホムラは緩んだ頰《ほお》を見られないように、踵《きびす》を返した。

六章　『初任務　～ようこそガダリ村へ～』

The Devil's Castle,
Burning By my flame the world bows down

本来ならば入隊試験を受ける前に、戦闘に関する知識や技術を学ぶ必要がある。その段階を飛ばしたホムラたちはファルメアの手配で紹介状をもらい、それぞれの場所で修練を積むことになった。

ホムラは呪術院で炎魔法の知識を深め、ジンは練兵場で戦闘訓練を受けることに。

一方サイコは大教会に住み込み、怪我人《けが》や病人に対して魔法で治癒を施す仕事に従事した。ついでに神官としての思想矯正教育も叩《たた》き込まれた……らしいのだが、効果が無かったのは言うまでもなく。

訓練が始まって一週間ほど経《た》った頃、ついにホムラに装備が支給された。

「じゃーん！　どうです？　この杖《つえ》、可愛くないですか？」

ホムラは自室――と勝手に主張しているだけのグルドフ邸の一室――で自分専用の武器をお披露目《ひろめ》していた。

手に持つその杖には可憐《かれん》な意匠が施されており、その見た目に反して柄部分の穴から火を吹き込むことによって先端から炎を噴射するという凶悪な武器でもある。

「あー、教会勤めクソだるかったわー」

「せめて反応くらいしてくださいよ！」

「うるせえ！　黒い噂《うわさ》しか聞こえてこねえ呪術院で孫みてえに甘やかされやがって！」

「いやあ、若い女の子が来るのは珍しいらしくて。へへへ……」

呪術院はガルドルシアの暗部の一端を担っているとホムラは聞き、警戒していた。だが実際に行ってみるとアットホームな学び場で、さながら孫娘の如く扱われたのだ。

炎に関する魔法は扱いが難しいうえに危険で、ほとんど禁忌に近いらしい。そういうわけで、同じく使用制限の厳しい呪術とともに適性者は呪術院に押し込められている。

忌み嫌われている者の集まりなので、身内に激甘というわけだ。

「納得いかねー。こっちは毎日のように頭叩かれてたんだぞ」

「どうせ怒られるようなことしたんでしょ？」

「あのクソババア、絶対許さん。アタシがこの世で一番嫌いなことは、凡俗が天才の脳細胞を壊すことだ」

神官は神の名のもとに治癒を施すという立場なだけあって、その言動はかなり厳格に指導されるらしい。サイコの普段の言動を見れば、どれだけ叩かれ、どれだけ怒鳴られたかは想像に難くない。

「魔法を学んでみて改めて思うんですけど、私たち本当に異世界に来たんですねえ」

「お前のは超能力だけどな」

超能力も魔法みたいなものと思っていたが、どうやら別物らしかった。

「でも燃えても大丈夫なのは、そういう加護が授けられてるからって言われましたよ」

「魔法の中でも意識して発動するのが『魔術』で、常時発動するのが『加護』だったか？　ちょっとは魔法の適性があるってことか」

魔法は大きく分けて『魔術』と『加護』の二つに分類されるが、『加護』は定義が少し広い。身体強化などのほとんど無意識に発動できるものは例外として、詠唱するなりして意識を集中させる必要のある『魔術』と違い、魔力さえあれば勝手に発動するのが『加護』だ。

それは肉体に宿っているだけでなく、物質にも宿っている。街灯や室内灯に利用されている鉱石灯もこれで、魔力を込めると発光する石を使っているのだ。

「実は魔術の方は苦手で、出した炎を多少動かすことは出来るんですけど、師匠みたいに火の玉飛ばしたりは出来ないんですよねえ……。本当に私って素質あるんでしょうか……。消すのなら上手《うま》くいくんですけど」

魔王を倒す素質があるとは言われたが、それはあくまで可能性の話であって、能力が開花しなければただの燃える女子高生だ。

仲間たちの異質さやシグラットの強さを見たあとでは、にわかに湧いてきただけの自信は吹けば飛んでいくような紙切れ同然だった。

「そんなことより何か土産話はないのッ？　こっちは一週間留守番しっぱなしだったんだけど！」

ホムラの憂いを邪魔そうに払ったのは、メイド服を着たプロト。

プロトは読書に没頭するツツミとは違い、やりたいこともなく、暇つぶしにメイドの手伝いをしていたらしかった。

今は不機嫌そうにベッドの上で胡座《あぐら》をかいている。

「そうだったそうだった。留守番組に面白い話があるんだったわ」

思い出した、とサイコは立ち上がる。

「あの説教女神が『魂が歪《ゆが》むと異形と化す』とか言ってたろ？　治癒魔術は肉体の治癒能力を向上させるもののほかに、魂に作用して治癒するものがあんだよ。ざっくり言うと、この世界では魂と肉体が密接に結びついてんだ」

「ふーん、それで？」

留守番組はサイコの言葉に身を乗り出す。

「そんなわけで、治癒に役立つ魂を視《み》る術を習得したアタシが、お前ら人外組の魂を視てやるよ」

「流石サイコ！　そんなもの習得して嫌な予感しかしないけど！」

プロトの言う通り本当に嫌な予感しかしなかったし、それに対するサイコの返答が慈愛に満ちた笑みであったことが予感をさらに加速させた。絶対何かするつもりだ。

ベッドの縁に二人を座らせ、サイコはプロトの胸部に手を当てる。

「魂ってのは普通はキレイな丸なんだが、とんでもないものが見れそうだな」

　そう言いつつ目を閉じたサイコは、小声で何かを唱える。唱え終わると同じくして魔術が発動したようで、プロトの胸に当てている手が仄《ほの》かに光り始めた。

「おお……、なんか見られてる感じがするかも」

　感動するプロトをよそに、初めのうちは同じく驚いたような表情をしていたサイコの顔が、次第に渋くなっていく。

「え、なに？　僕の魂、変だった？」

「いや、なんつーか……、魂ってのは種族が違っても質感が違うだけで基本球形なんだけどな？　お前のは、まさに質感が違うだけでキレイな丸だわ。金属光沢のある青白い球」

「はあ？　コアそのまんまじゃん。つまんな！」

　そう吐き捨てたプロトはベッドに倒れ込んだ。

「まあ、よくよく考えりゃ地球外生命体ってだけで、向こうじゃ普通の存在だもんな、お前。……あと、魂と魔素が繫がってる感じもないな」

「もう何！　今度は何！　どういうこと！」

「魂と感応して活性化した魔素が魔力で、それを動力源にして発動するのが魔法だ。つまり、お前は魔法が使えん！」

「あーあ！　自分たちだけ面白そうな魔法使えちゃってさ！　もういいよ、下等生物は魔法で遊んでればいいよ！　僕は物理で殴るから！」

　完全に拗《す》ねた。

魔法が使えないといっても、人類からすれば十分魔法に匹敵するほどの技術の塊なのだが、拗ねている姿が可愛《かわい》いのでホムラは黙っていた。

「次は……ツツミの番……！」

いつになくワクワクしているツツミ。留守番中は大人しく本を読んでくれていたと思っていたが、やはり我慢している部分はあったのだろう。

「そんじゃ、視るぞ」

サイコは先ほどと同じように胸に手を当てる。

そして先ほどと同じように眉根を寄せた。

「うーん、歪な形してんのはまあ予想通りっちゃあ予想通りだけどよ……。なんか濁ってんのが気になるな」

「濁ってるの……？」

「呪いで魂が穢《けが》されてる状態と似てんな。……こっちに来てから呪われた訳ねえし、もしかすると毒生成器官の機能不全が呪いと似た形で現れてんのかもしれん」

いまいち理解できていないようで、ツツミは首を傾《かし》げる。

「つまり、魔術で解呪すりゃどうにかなるかもしれんってことだ」

その言葉に、ツツミの顔はパッと明るくなった。

「試してみてもいいけど、どうなるかは分からんな。ツツミはどうしたい？」

「どうなっても、大丈夫……。ツツミ、頑丈だから……」

「分かった。じゃあいくぞ……。《この者の、呪詛《じゅそ》に穢れし魂を清めよ》」

呪文を唱えると、ツツミの胸元の光がにわかに輝きを増した。

「ぐぅ、あぁっ……！」

それと同時に、ツツミが痛みに悶《もだ》え始めた。胸を押さえ、苦悶《くもん》の声を絞り出す。

「ちょっと、サイコさん！」

「いや失敗してねえって！　多分！」

あまりの苦しみ様に、サイコですら動揺を隠せなかった。

ツツミが蹲《うずくま》るようにして倒れ込んだとき、ツツミの背中が蠢《うごめ》き始めた。まるで何か別の生き物が皮膚の下で暴れているような。

「ツツミちゃん、大丈夫ッ？」

ホムラがツツミのそばに駆け寄ろうとしたその瞬間、何かが背中を突き破って飛び出してきた。

黒い血を撒《ま》き散らしながら出てきたそれは、羽根も皮膜もない骨だけの翼。

その骨格は、鳥類ではなくコウモリのものと似ていた。

「……もしかして、これが本来の姿なのか？」

「そう、かも……？」

息も絶え絶《たえだ》えに、サイコの問い掛けに答える。

「ツツミちゃん、痛くない？」

「うん、もう大丈夫……。もともと、痛いのには慣れてるから……」

「慣れなくていいよ、そういうのは」

ツツミの境遇を考えてしまい、胸が締めつけられる。それは自分の境遇とも重なる部分が大きかったが、ホムラは自らの胸の痛みから目を逸らし、ツツミの身を心配した。

急いでツツミの背中を確かめる。すでに出血は止まっているのか、血の染みは広がってはいない。再生能力が高いとは言っていたが、そのおかげだろう。

「でもなんか、身体が変な感じ……」

「そりゃ実際身体の造りが変わったからな。どうだ、毒生成器官が正常に働いてるかとか分かるか？」

何のための翼だ、とサイコはつぶさに翼を観察する。

毒に関する器官がどうにかなると思っていたホムラも、その翼が何なのか見当もつかなかった。

「ん、どうだろ……」

失敗作として扱われていたからか、ツツミ自身も自分の身体についてよく分かっていないようだ。身体のあちこちを触ったり、骨だけの翼を開いたり閉じたりしている。

そしてふと、呟いた。

「あ……、逃げて……」

「ん？」

「え？」

その言葉の意味を理解するより先に、翼の骨格に沿うようにして何かが噴霧され始めた。言うまでもなく、毒ガスである。

「まずい！」

「一人だけ逃がすか！」

いち早く危険を察知したジンは逃げようとした途端にサイコに足を摑まれ、転倒した。

「ふん！」

その腹いせなのか、ジンは誰も逃げられないようにドアを押さえる。

「なんで！」

ドアは力強く閉められており、当然のごとくホムラは逃げられない。

不毛な足の引っ張り合い。三人仲良く毒ガスに包まれた。

「やば……手足が動かん……」

その毒ガスは四肢の動きを鈍らせ、身じろぎ一つとて許さない。

不幸中の幸いと言うべきか、その程度の麻痺《まひ》毒で助かった。

「ごめんなさい！　ごめんなさい！」

「あはははははっ！　あー、面白い！　あはっ、あははははっ！」

ツツミは狼狽《うろた》えながらも謝り倒し、そもそも毒が効かないプロトは、倒れ伏した三人を見て笑い転げた。おのれ地球外機械生命体め。

「まったく、説教を長々としたいところだが、時間がないので後回しにするとしよう」

毒ガス騒動を巻き起こした五人は、練兵場でグルドフに鋭い眼差しを投げ掛けられていた。

「今日はファルメア様のお計らいで、特別に五人全員で訓練を受けられるんだぞ。ふう、練兵場貸し切りなぞ、初めて経験したわ」

姿を大っぴらに見せられない二人に配慮してくれたようで、練兵場にはグルドフとホムラたちの六人しかいない。

試験の時とは違い大勢の人に囲まれていないが、これはこれで圧迫感を覚えてしまう。それだけ練兵場の広大さに意識が向いてしまうからなのだろうか。

「それで、あのー……。それは一体何なんでしょうか……?」

ホムラはおそるおそる尋ねる。

先ほどから檻《おり》の中で唸《うな》り声《ごえ》を上げているそれが一体何なのか、と。

「今日はより実戦的な演習として、魔物と戦ってもらう。『棘犬《とげいぬ》』といって、ここいらでよく見かける魔物だ」

「やっぱり魔物でしたか……。怖……」

棘犬は骨の一部が棘状となり体表から露出している犬型の魔物だった。

檻の向こうから低く唸り、こちらを威嚇している。

「安心しろ。棘犬はただの野犬より少し凶暴な程度だ」

「いや、ただの野犬も十分怖いんですけど」

過去に一度野犬と出会ったことを思い出した。躾《しつ》けられていない動物だという事実だけで身が竦《すく》んだ経験を。

「まあ魔物との戦いは徐々に慣れていけばいい。明日、近隣のガダリ村で初任務を受けてもらうが、その村の駐屯所支部長を務めるルートルードは金盾徽章《きんじゅんきしょう》の中でもかなりの実力者だ。今でこそ差はついてしまっているが、昔はシグラットと肩を並べていたほどだ。指導は真面目に受けるんだぞ」

「流石《さすが》にもう二度と死にたくねえしな」

これにはサイコ以外の四人も首を縦に振る。

「それでは棘犬を解放するぞ」

グルドフが檻の扉に手をかけると、空気が一気に緊張した。

勢いよく引き上げられる扉。その瞬間、棘犬は一直線にホムラ目がけて疾駆する。

「ちょ、えええええ！　なんか私に向かって――お腹《なか》ああああああああ！」

構えた杖《つえ》をわたわたと振り回すだけで、ホムラは為《な》す術《すべ》なく腹に頭突きをもらった。

「何やってんだ、お前」

「うぐぅ……。なんか、犬殺しちゃうの気が引けちゃって……。悪い人なら燃やせそうなんですけど……」

「それはそれでヤベえだろ」

あまりの痛みに地面にうずくまるホムラ。

魔物とはいえ、動物を殺すという行為に抵抗があった。悪意がある分、悪人の方が燃やしやすいかも、とも思っていた。

「言い忘れておったが、棘犬の武器は棘だけでなく頭の固さもだ。頭突きをくらうとかなり痛いぞ」

「そういうのはさっさと言えや、おっさん。ま、この天才にかかればこんなイヌッコロ、一瞬で――腰いいいいいいいいいいいい！」

余裕綽々《よゆうしゃくしゃく》に御託を並べていたサイコの腰は、背後から迫ってきていた棘犬の一撃で終わった。

「来てんなら誰か言えや！」

地面で仰《の》け反《ぞ》りながら叫ぶサイコ。

全員分かっていながら言わなかった、という一糸乱れぬ連係プレー。

流れるように二人が撃沈したところで、ジンが颯爽《さっそう》と棘犬の前に立ちはだかった。

「某《それがし》が手本を見せてやろう」

これまでの二人とは纏う空気が違い、棘犬は初めて後ずさった。

「お座り！」

突如放たれた命令。

躾けられていないはずの棘犬でさえその言葉の意味を本能で理解し、即座に腰を下ろした。

そんなことより、ジンが大声を出したことにホムラは驚いていたが。

「ふふふ、何も殺すだけが戦いではない。こういうやり方もある、ということだ」

ドヤ顔のジンは震える棘犬に歩み寄る。

「一応、これは戦闘訓練なのでは？」という疑問は湧かないでもなかった。

「お手」

今度はお手をさせようと手を差し伸べる。……が、棘犬は淀《よど》みない動きでその手を噛《か》んだ。

「手えええええええええ！」

噛まれていない方の手で棘犬の頭を叩くジン。手を離した棘犬は、悲鳴を上げながら一目散に逃げていった。撃沈、三人目。

「あっははははは！　あはっあはっ！　ひー、面白い！」

「プロト！　おぬしはどうなのだ！」

出血する手を押さえながら、ジンは先ほどからずっと笑い転げているプロトに食って掛かる。

「僕はパスでー。すばしっこい動物相手なんて無理無理。僕、あんまり器用な動きできないし」

グルドフから借りた戦鎚に腰掛け、見学モードに移行しているプロト。確かに機敏に動いているところを見たことがない。

「はあ……、魔王を倒すと宣《のたま》っておきながら、先が思いやられるな……」

呆《あき》れたグルドフの口から、自然とため息が漏れ出る。

グルドフがどうしたもんかと悩んでいると、甲高い鳴き声が聞こえてきた。

五人が音の方向へ視線を向ける。

そこには、棘犬を小剣の一突きで殺したツツミの姿があった。

細長い小剣は棘犬の下顎から頭にかけて貫いており、即死だったことが窺《うかが》える。

ちなみにツツミは、任務時や外出するときにはメイドお手製の動きやすい服装に着替えることになった。それに加え、肌の色を隠すためにロンググローブとロングブーツ、マスクやフード付きの上着なども用意しているらしい。現在、鋭意製作中とのこと。

翼は自由に出し入れ可能らしく、今は引っ込めている。ツツミは再生能力が高いらしいのだが、翼を出し入れする度に痛々しい出血を伴うのでホムラは見ていられなかった。

剣を引き抜いたツツミは、笑顔でみんなのもとに駆け寄ってくる。

「ツツミ、頑張ったよ！」

剣先から血を垂らしながら、その表情は褒めてと訴えかけてきているようだった。

「あーすごいよツツミちゃん！　よーしよしよしよしよし！」

「えへへ、毒はまだうまく扱えないけど、ツツミも戦えるよ……！」

ツツミの喜びを受け取ったホムラは、その頭を撫《な》でてやる。

おそらくこれが正しいのだと思う。魔王を倒すということは、これの延長線上にあるのだから。

「アタシらの中で最強はツツミか。えらいぞ」

「えへへ……」

サイコも撫で始めた。

「そんで、最弱はホムラってことか」

その言葉に手が止まる。ホムラは心に灯《とも》った炎のようにゆらりと立ち上がるが、顔にだけは穏やかさを張り付けていた。

「サイコさんは多少運動できるみたいですけど、私は火が出せるんですよ？　戦闘能力はサイコさんより上です」

「お前がアタシより上なもんなんざ、乳の大きさだけだろ。あ、尻と太ももの大きさもか」

二人の間に火花が散り始めた辺りで、危機を察知したツツミは逃げた。

「あ……、サイコさん、もしかして私のスタイルの良さに嫉妬してますー？」

超低次元レスバトル。

ホムラは唯一マウントの取れるスタイルの良さを持ち出して対抗した。

「んなわけあるか。この前、ケツがデカすぎてドア枠に嵌《はま》ってたくせによお」

「そんなに大きくないですよ！　よくもまあ、そんなお下品に人を馬鹿にできますね！　その腐った性根を叩《たた》き直してあげ……いや直さなくていいや焼きます！　どっちが上か分からせてあげますよ！」

「望むところじゃねえか、一瞬で片付けてやる！」

二人は間合いを取り、武器を構えた。

一触即発の空気を、ジンとプロトは避難してきたツツミの頭を撫でながら適当に眺める。

戦わないのならせめて役に立てと、行司役を押し付けられたプロト。彼女の気の抜けた掛け声が練兵場の中央でふにゃふにゃと漂い、戦端が開かれた。

「れでぃー……ふぁい」

「汚物は焼却です！」

掛け声と同時にホムラは、心に世紀末モヒカンを宿らせ杖先から火炎を噴射する。

この杖は単なる杖ではなく、炎をうまく操れないホムラに代わって炎を放つ先を定める補助器具でもあった。勢いよく噴き出された炎は瞬く間に眼前を埋め尽くす。

しかし、その炎の中にサイコはいなかった。

「汚物はお前じゃあ！」

炎を躱《かわ》し、距離を一気に詰めていたサイコは、地を擦るような低い姿勢のままホムラの足を払う。

「うえ？」

唐突に視界がぐらりと揺れたホムラは何が起きているかも理解できず、気づけば天を仰いでいた。

「はい勝ちー！　はい汚物ー！」

いつの間にか馬乗りになっていたサイコに、短刀を突き付けられる。

「ぎいいいいいい！　悔しいいいいいいいいいいい！」

汚い喚《わめ》き声《ごえ》が響く。

それは、サイコにマウントを取れる要素が乳尻太ももの大きさしかないという事実を突き付けられたホムラの慟哭《どうこく》であった。

「見てごらん、ツツミ。あれが汚物だよ」

プロトは二人を指さした。


翌日、初めて任務に就く日。

ガダリ村へと出発するホムラたちを、グルドフが見送りに来ていた。

「くれぐれも問題を起こすんじゃないぞ」

「ぜ、善処します……」

昨日から何度も釘《くぎ》を刺されているが、問題を起こさない自信がない。

「んで、おっさんがいるのは分かるが、なんでチャラ男までいるんだよ」

「寂しいこと言ってくれるねえ」

ちなみに、シグラットも見送りに来ている。

サイコの塩対応にシグラットは呆れるも、表情は緩いままであり、本当に傷ついている様子はない。

「初任務の子たちを見送るの、習慣になってんだよね、俺」

「なんというか、律儀ですね」

自分たちだけ気に入られたのかと少し期待したが、全員にやっていることらしかった。

シグラットは飄々《ひょうひょう》としているようで、案外しっかりとしている。その姿からは、「良い先輩」という印象を受けた。

「律儀……と言えば、律儀なのかな？」

言われたシグラットは、どうにも居心地の悪そうな顔をしてみせた。

「言うと怖がらせちゃうかもしれないけど……」

その顔から、軽薄さが消える。

「もう会えないかもしれないからね、顔を覚えておきたいんだ」

ホムラたちは息を呑《の》んだ。もう会えない。それは死別するという意味だ。

危険はほとんどないらしいとはいえ、それでも万が一のことがある。

シグラットは、『持つ者』として人々を守らんとする隊士の顔を覚えようとしている。それも彼なりの『持つ者』としての責務なのかもしれない。

「五人中二人は顔見せてくれてないけどね！　ちらっとだけでいいからさ、顔見せてよ」

「嫌だね」

甲冑を纏うプロトだけでなく、マスクを被っているツツミにすらそっぽを向かれる。

「訳ありだから？　それとも怖がらせちゃったから？　いや、やっぱり怖がらせちゃったからだよね、ごめん！　初任務前だってのに、そりゃこんな暗い話聞きたくないか。でも指導官のルートルードの指示に従ってれば大丈夫だよ。あいつ、強いから」

指導官のルートルードは、護国聖盾将《ごこくせいじゅんしょう》であるシグラットから一目置かれている。それなら万が一はないと信じたい。

「多少痛い目を見た方がいい気がするがな」

グルドフの視線は、明らかにサイコに向けられていた。

「はは、思ってもないくせに。そうそう、俺とルートってグルドフさんの教え子なんだよ」

「へえ、そうなんですね」

意外な繋がりが。

「厳しいけど誠実な人でね、だからこそ俺も責務を果たせる人間を心の底から目指せたんだ」

周囲からの信頼が厚いのも、こういうところが原因なのだろうか。

「二人は若い頃から面倒を見てやっておってな、それはもう手を焼いたものだよ」

褒められて照れくさかったのか、グルドフは赤ら顔で目を逸《そ》らす。

「俺は昔はテキトーでしたけど、ルートの奴《やつ》は真面目過ぎましたもんね」

「ああ、何度も正義や大義について問答させられたよ」

「俺も最近じゃ会うたびに、新人の見送りをどれだけ本気でやってるのか覚悟を問われますしね。手合わせならほとんど負けなしだったけど、ああいうときのルートは気迫があって恐ろしかったなあ」

ルートルードは実力者であるだけでなく、生真面目な人物らしい。

「んー、ちょっと堅苦しそうな方ですね……」

思ったよりお堅い仕事場かもしれない。正義とは、大義とは何かと問われたら、なんと答えればいいのだろうか。

憂鬱なホムラの心中を察したのか、シグラットは言葉を付け足す。

「いや大丈夫だよ、普段はにこにこしてる気のいい奴だから。新人相手にそんな問答はしないと思うよ」

「そうなんですね、良かった……って言っていいのか分かりませんけど」

「いいっていいって。これから自分の中で答えを見つけていけばいいさ」

「頑張ってみます……」

とにもかくにも、今は自分がやれることをやろう。

「おい、そろそろ行くぞ」

早朝ということもあり、機嫌の悪いサイコが出発を急《せ》かす。

「うん、いってらっしゃい」

「くれぐれも無茶《むちゃ》をするんじゃないぞ」

ホムラたちは見守られながら、馬車に乗り込んだ。

ホムラたちは馬車に揺られ、任地であるガダリ村に着いた。

ガダリ村も壁に囲まれた集落で、木製の壁によって守られている。その壁の外には畑が広っており、のどかな田園風景といった風情だ。

ホムラたちは馬車で長いこと揺られ、特に有機物組《プロト以外》は臀部《でんぶ》に多大な継続ダメージを負って辟易《へきえき》していた。

「初任務が村の警備って、なんか地味ですね。ドラゴン退治でも任されるのかと思ってましたよ」

強敵と格好よく戦いたいという願望があるので、偏見半分、期待半分といったところだった。

そんなゲームのようなイベントは実際に起こらないとはうすうす思っていたが。

「お前のファンタジー観どうなってんだよ。実戦経験もねえやつに、いきなり危険な任務受けさせるわけねえだろ」

「まあそうですよねー」

初任務とは名ばかりで、実際には実地研修のようなものである。指導官のもとで実戦を経験してみるという流れらしい。

まずは安全で簡単な任務を遂行させることによって自信を持たせることを目的としているようだ。

ガダリ村はそういう場に最適とはいえ、行き交う村民からの視線はどこか冷たい。その視線から、殲剣隊《せんけんたい》がどういう風に思われているのかが察せられる。

　信頼や実力があれば歓迎されるかもしれないが、そんなものは手元にない。ついでに出《い》で立《た》ちのこともある。割り切るしかない。

「確かこの村の近くって、あの棘犬っていうあんまり可愛くない犬しか出てこないんでしたっけ？」

「ガルドルシアに近いからな。異形の獣である『魔獣』の中でもほとんど野生動物と変わらんやつしか出ねえらしいし、人型で知性のある『魔族』の集落も近くにはねえ。チュートリアル上がりの新兵にはうってつけの場所ってこった」

「棘犬も十分怖いんですけどね……。はあ、指導官の……ルートルードさんでしたっけ？　優しい人だといいなあ」

　駐屯所は門に近い場所にあった。

　隣接しているこぢんまりとした修練場には誰もおらず、駐屯所を覗《のぞ》き込んでみるも誰もいない。留守かとも思ったが、奥の部屋からかすかに声が聞こえてきた。

　見知らぬ地ということで心細かったホムラは、頼みの綱を摑《つか》んだ気がして安心した。

「すみませーん」

「はーい、どうしまし……何者だ、あやしいやつらめ」

　だが奥の部屋から出てきた男は、ホムラたちの姿を認めるなり露骨なしかめっ面を向けてきた。その男はホムラたちよりも少し年上のようで、襟には衛盾隊《えいじゅんたい》の地位を示す銀盾徽章《ぎんじゅんきしょう》が鈍く光っている。訝《いぶか》しみに何も感じないわけでもないが、今回は本当に怪しい恰好《かっこう》をしていたので、その反応は想定内だった。

なにしろ、今回は戦闘前でもないのに鎧《よろい》を着込んでいるプロトと、肌を一切見せない装いのツツミがいるのだ。

ツツミのマスクはメイドのお手製であったが、メイドの趣味なのかペストマスクのような不気味なデザインで、怪しさを爆増させていた。

「こちとら新人殲剣隊《せんけんたい》様じゃ。丁重にもてなせ」

「すみません、このアホの言うことは無視してください。任務で来た新人っていうのは本当ですけど」

「本当かあ？」

それでも向けてくる疑いの眼差しを、穏やかな声が遮る。

「こらこら、迎え入れてあげなさい」

その声は男が出てきた部屋から聞こえてきた。ドア上の表示板には「執務室」と書かれていることから、声の主はおおよそ察せられた。

「でも、想像以上に怪しいですよ？」

「大丈夫さ、ホーレコ。僕がいるんだから」

むすっとした態度の悪い案内に従って、ホムラたちは執務室に入る。

すると部屋奥の机には、にこやかにほほ笑む男が座っていた。年はシグラットと同じくらいらしいのだが、落ち着き払った態度のせいか、かなり大人びて見える。

その温和な顔立ちに似合わず、身体つきは戦士らしくがっしりしており、上背もある。そしてその襟で輝いているのは、盾を象《かたど》った金色の徽章《きしょう》。

「いらっしゃい、待ってたよ。僕がガダリ村支部長を務めるルートルードだ。君たちがこの前ガルドルシアを騒がせた子たちだね？」

「そんなに話題になってるんですか……」

よくよく考えれば、かなり話題になりそうなことをしていた。が、まさか近隣の村にまで噂《うわさ》が及んでいるとは……。

「試験に乱入するだなんて、前代未聞だからね。入隊するためにそこまでやるなんて、可愛らしいお嬢さんたちだ」

言葉自体はキザったらしかったが、その柔和な笑顔のおかげか、いやらしい下心は感じられない……のだが。

「おい」

小さな声とともにサイコが腕を振ると、そこで初めてホムラは無意識に隣にいたサイコの袖をつまんでいたことに気づいた。

真ん前から好意を向けられているからなのだろうか。ホムラは今までにない体験に戸惑った。

シグラットの言う通り、にこにことしていて気のよさそうな人物だ。

「あ、あの、実はこの二人、殲剣隊《せんけんたい》じゃないんですけど、その、任務に連れて行って大丈夫

「……なんですかね？」

心の乱れを誤魔化《ごまか》すように、怪しい二人を紹介する。

今までファルメアの根回しやグルドフの庇護《ひご》のもとでなんとかなっていたが、ここはそんなものの外である。大丈夫だろうと送り出されたとはいえ、何が起きてもおかしくない。

「ああ、それは気にしないよ。たまにいるからね、訳あって試験を受けられないから、実力だとか実績をもってして殲剣隊《せんけんたい》に入隊する子。いいね、余計に気に入ったよ」

勝手にどんどん気に入られていく。

案内してくれたホーレコとサイコが睨《にら》みあっていること以外は和やかな雰囲気だったが、ここまで一貫して笑顔だったルートルードの表情にふいに影が差した。

「本当ならこのまま村の近くに出てきた魔獣を倒してもらうことになるんだけど、実はちょっと今は事情が込み入っててね……」

「事情……？」

「うん。近頃この辺りに盗賊団が出没していてね、その対応に追われているんだ。もっと安全が確保されないことには、君たちを外に出すのは無理そうだね」

盗賊団。ホムラはそれに思い当たる節があった。異世界に来て初めに出会った彼らのことだ。

「あの！」

「どうかしたかい？」

「あ、いえ……」

　あの時はジンが無双したが、依然として足手まといの自分がいる。盗賊団討伐任務の同伴を提案しようと口を開けたが、ホムラは結局口に出せなかった。

「なんでもないです……」

　足手まといだからこそ、誰かの役に立ちたい。誰かの役に立つには、力がなければならない。

『力』とは暴力だけではないとはいえ、ホムラが持つ力は限られている。

　結局、ついて行けば誰かを危険に晒すかもしれない、という当然の帰結を飲み込むしかない。今まで通り、一歩踏み出せなかった。

「まあ、そういうことだから、今は待っていてほしいんだ。教会に君たちを世話してくれる神官さんたちがいるから、まずはそこに行くといい」

　教会は衛盾隊《えいじゅんたい》の駐屯所と同じく近隣の集落に配置されており、奉仕活動をしている。任務のために集落に滞在する殲剣隊《せんけんたい》の食事や寝床の提供も、その活動の一環だという。

　未《いま》だにむすっとしているホーレコにつれられて教会に向かおうとすると、ルートルードがホムラだけを引き留めた。

「赤毛の子、えっと――」

　自分が呼ばれていると、ホムラは踵《きびす》を返した。

「え、あ、名乗ってませんでしたね。ホムラって言います」

「ホムラちゃんか」

　その顔は笑顔ではなく真面目で、まっすぐにホムラの目を見つめている。

「ホムラちゃんさ、もしかして盗賊団討伐について行きたいと思ってる？」

分かりやすい言動をしてしまったとはいえ、心の中を言い当てられて心臓が飛び跳ねた。

「思ってるといえば思ってますけど、思ってないといえば思ってないような……」

苦々しい結論を受け入れたばかりで、素直に胸の内を打ち明けることができない。ホムラは思わずルートルードから目を逸らした。

「厳しいことを言うようだけど、『世界』っていうものは力で支配されているからね。早く武勲を立てたいのは分かるけど、焦りすぎるのは良くないよ」

「そう……ですよね……」

「でも、力がなくたって足掻《あが》いてみるのも無駄ではないと思うけどね」

突き付けられた現実にうつむくホムラに、ルートルードは優しく告げる。

「足掻いた先に見えるものがあるかもしれないし、足掻いたら案外なんとかなるかもしれない。なんにせよ、一歩踏み出す機会ってのは自分が思っている以上に多いよ」

ホムラは目を見開いた。

「もちろん、無茶は厳禁だからね？」

「……はい！」

なぜだろうか。不思議とその言葉に勇気をもらえた気がした。

「呼び止めて悪かったね。さ、教会に行ってらっしゃい」

ルートルードは、ホムラを笑顔で送り出した。

駐屯所からそう遠くはない教会では、神官の少女が出迎えてくれた。

「あとのことは任せたぞ、リィラ」

「任されました！」

ホーレコはリィラと呼んだ少女にホムラたちを託し、さっさと駐屯所に戻っていった。

「わあ、女の子だけの部隊って珍しいですね！　お話ししましょう！」

「おおう、元気っ娘《こ》……！」

神官少女のリィラはホムラたちと同年代で、朗らかな性格をしている。ぱっちりとしたまつ毛が可愛らしい。そんな彼女のあり余る元気に、ホムラは気圧《けお》された。

「ああ、ごめんなさい！　同年代の子とお話しする機会ってあんまりなくて、つい」

「そういうつもりじゃないんです！　ちょっと驚いただけというか……」

リィラの神官服の襟には銅の月輪《げつりん》徽章《きしょう》が。ホムラたちと同じく、新米だ。

各地の教会に勤めている神官も、衛盾隊《えいじゅんたい》と同じくガルドルシアから配属されており、それまでの人間関係からは切り離される。リィラがホムラたちとの邂逅《かいこう》に舞い上がるのは無理からぬことであった。

「それなら良かったです。とりあえず、案内しながらお話ししましょうか」

殲剣隊《せんけんたい》の宿舎は教会のすぐ隣にあった。宿舎は村の家々よりも造りが幾分かしっかりしており、兵士の待遇の良さが見て取れた。

部屋も個室が用意されており、くつろげる共用のスペースもある。

「そういえば、もうルートルードさんとお会いになったんですよね？」

「ええ、まあ」

「素敵な方ですよねえ……」

どうやらルートルードを慕っているようで、リィラは微《かす》かに頬《ほお》を赤らめている。

「そうかあ？　ああいう優男は大体事件の黒幕だぞ。物語終盤で『クックックッ、目障りなゴミどもですね、僕自らが葬ってさしあげます』とか言いながら暗闇の中から出てくるタイプだな」

アホがまた何か言い始めた。

「すみません、この人頭がちょっと――」

「そんなことありえません！　ルートルードさんはとっても優しいんですよ？　衛盾隊《えいじゅんたい》の仕事だけじゃなくて村のこともよく手伝ってくれますし、頑張ってる人が好きで、そんな人たちの笑顔を見るのが好きな方なんです。そういう人柄だから、本当の二つ名じゃなくて『笑顔好きのルートルード』って呼ばれてるくらいなんですよ？」

二つ名は戦う姿を由来にされるが、イケメンはそんな二つ名で呼ばれるらしかった。

「分《わ》ー《ー》かった分《わ》ー《ー》かった。冗談に決まってんだろ、やりづれえなあ」

「分かればよろしい！」

リィラは彼のことを心の底から尊敬しているらしい。

「もう、変に溝作らないでくださいよ。ただでさえ視線が冷たいんですから」

囁《ささや》きながら、ホムラはサイコを小突く。

「それに優しいだけじゃなくて、ものすご～く強いんです。今はまだ金盾《きんじゅん》徽章《きしょう》の地位ですけど、いつかはシグラットさんみたいに護国聖盾将《ごこくせいじゅんしょう》に任命されると思いますね、私は」

「へえ、やっぱり強いんですね」

「そうなんですよ。ガダリ村に赴任する前は、ガルドルシアの防衛を任されてたくらいの実力者なんです。今でこそ盗賊が現れちゃって物騒になりましたけど、それまでは他の集落とは比べ物にならないくらい平和だったんですよ。魔獣ですら寄り付かなくなるくらいなんですから。それにですね――」

そこでふいに、「ぐう」という音が鳴った。音の出どころは、その音を聞いて顔を真っ赤にしているリィラの腹からだった。

「あっと……お話ししすぎちゃいましたね！　昼食が出来ましたら呼びに来るので、それまでゆっくりしててください！」

リィラは元気よく出て行った。

「なんか、嵐のような子でしたね……」

「疲れるわ、あいつ」

七章　『剛狼』

The Devil's Castle,
Burning By my flame the world bows down

「ご一緒できないなんて、残念です」

リィラは眉を下げ、しょんぼりした。

教会に隣接する小さい食堂では、派遣されている神官や殲剣隊《せんけんたい》の食事が用意される。

集落によっては食堂専門の調理師がいるらしいが、ここでは神官であるリィラが料理を担当しているのだ。

「すみません、込み入った事情があるもので……」

ホムラは扉から覗き込むようにして、廊下に佇むリィラのお誘いを断った。

食事をする際にツツミはマスクを取らなければならず、必然的に人払いをしなければならなかった。

テーブルには美味《おい》しそうな料理が並べられているが、一緒に食事を、とはいかなかった。

「ああっと、わがまま言っちゃいましたね！　分かってますよ、知られたくないことがあるんですよね！」

「そうなんですけど、もうちょっと声を抑えてくださると……」

「ご、ごめんなさい！　気が回らなくて！　ではごゆっくり！」

リィラは元気よく立ち去った。

「どんだけ元気なんだよ、あいつ。エネルギー無尽蔵か？」

「リィラさんも、こんな変な人に悪く言われたくないでしょうね」

「確かにな」

「自覚はあるんですね……」

「天才だからな」

「は？」

「あ？」

言葉で軽く殴り合いながら、ホムラもテーブルにつく。

テーブルに並べられているのは、芳《こう》ばしい香りのパンとジャム瓶、具沢山のスープとリンゴに似た小ぶりな果物。

「いただきます」

パンはジャムを塗って食べるらしいが、瓶の中に入っているのは、茶色いどろっとしたもの。正体が分からないものを口に入れるのは勇気がいるが、せっかく用意してくれたものを無下にするのも気が引ける。

ホムラは意を決してジャム用の小さいスプーンでそれをすくい取り、スライスされたパンに塗った。

「い、いただきます……」

無意識に言ってしまった二度目の「いただきます」は、おそらく自分に言い聞かせるための言葉だった。今からこれを食べるんだぞ、と。

ジャムが少しだけ載った部分を一口。そして咀嚼《そしやく》する。

「うんうん……ん？」

ホムラは首を傾《かし》げる。想像と現実のギャップに、脳が混乱していた。

「美味しい……かも？」

思っていた味わいとは違ったが、これはこれでいける味だった。

甘みの中に、ほんのりと酸味と塩味がある。そして微かに感じるピリッとした刺激と、口に広がる深い味。まろやかさがあるのは、バターでも使っているからだろうか。

パンにも合うが、旨味が強く、肉料理に使っても合うような気がする。スイーツ系ではなく、いわゆる「お食事系」と呼ばれるような味。

ホムラは続けて二口、三口と口に運んでいく。

それでもジャムの正体が気になっていたところ、サイコがそれらしい答えにたどり着いた。

「あー、これ、多分果物じゃねえな。玉ねぎか何かだろ」

「言われてみれば」

確かに、感じるのは玉ねぎの風味だ。

ジャムといえば果物という先入観さえなくなれば、茶色ジャムも違和感なく食べられるようになった。果物のジャムと違い、野菜の旨味と甘みが詰まっており、なかなか美味しい。

ホムラはパンを一切れ、キレイに食べ終えた。

次に手を付けたのは、スープだ。

薄黄色に透き通ったスープに、葉野菜や根菜、ごろっとした鶏肉《とりにく》がいくつか入っており、彩りもいい。

温かなスープからは、湯気とともに食欲をそそる優しい香りが漂ってくる。この美味しそうな匂いをずっと嗅いでいたい。

ホムラは鶏肉とともにスープをすくい、口に運んだ。

噛《か》みごたえのある鶏肉からは噛むたびに肉汁が溢《あふ》れ、口の中を肉の旨味で満たしていく。肉汁とスープが混ざり合うことによって、味が刻一刻と変化していくのも楽しめる。

ごくりと飲み込んだスープは温かく、じんわりと身体の中に浸透していった。ほっとするスープだ。

そして肝心の味は……。

「うん！　素材の味！」

「正直に言えや、薄いってな」

良く言えば「素材の味」、悪く言えば「薄味」だった。

おそらく、調味料は塩くらいしか使われていない。

この村はガルドルシアから近いが、そこまで交易が盛んではない。そういうわけで調味料の類に乏しいのだろう。

「薄味ですけど、こういうのもいいじゃないですか。ね、ジンさん？」

仲間内で一番薄味に慣れていそうなジンに同意を求める。

「そうだな」

期待通り、ジンは自分側の人間だった。ほくそ笑むホムラ。

「だがそんなことより……」

ところがそのジンが食事の手を止め、寂しそうな顔をした。ホムラは何か気分を害してしまったのかと内心焦りに焦った。初めてそのような表情のジンを見たからだ。

一体何を言うつもりなのか。緊張で心臓の鼓動が速まる。

物憂げなジンは一呼吸置いて、叶《かな》わない願い事を言うかのように思いを吐き出した。

「白米が恋しい……」

そんなことかと安心したものの、ホムラ自身も米が恋しくなっていた。

「そういえば、ずっと食べてませんもんね、お米」

この世界にも米があるにはあるのかもしれないが、未《いま》だに出会ったことはない。

日本人の血が米を求めている。

「米もいいけど、ジャンクフード食いてえなー」

サイコの気持ちも理解できるが、癪《しゃく》なので肯定はしなかった。

「食事が必要なんて、面倒な生き物だねえ」

プロトは兜《かぶと》を脱いで照明の光を浴びている。エネルギーの充塡《じゅうてん》をしているらしく、髪と瞳がうっすらと発光している。

「僕は光を浴びてれば大体大丈夫だけど、なんで人間ってそんな効率の悪いエネルギー補給やってんの？」

「神様に聞いてこい、教会にいるからよ」

「異世界のじゃん」

今更ながら思うが、創造神が手の届く距離にいるのは、わりととんでもないことだ。

そんな不毛な会話を微塵《みじん》も気にも留めず、ツツミは食事を続けていた。

食事が必要ないプロトの分まで食べている。そのうえ、どんな味なのかも、何の食材なのかも気にすることなく、黙々と口に運んでいた。

「前々から思ってたけど、ツツミちゃんってよく食べるね」

今までろくな扱いをされていなかったとは本人の談だが、食事については全然そんなことはなかったのだと思い知らされた。身体が細いので、食事もろくなものではなかったと勝手に思っていたが、ツツミは食べても食べても太らない体質なのだ。

名前を呼ばれて初めて、ツツミは食事の手を止めた。

「代謝能力……？　が高くって、いっぱい食べる必要が、あるんだって」

「再生能力が高いって言ってたな、そういや。そのために栄養蓄えないといけねえんだろ」

「焼かれても、潰れても、元通り……！」

自信満々にガッツポーズをするツツミ。

正規品よりも再生能力が高いがために、特別な耐久テストを受けていたのだろう。

「うう、そういうの聞きたくなかった。特に食事中には……」

耐久テストの結果どういう姿になっていたかを想像してしまい、危うくもどしそうになる。

感性が一般人とはかけ離れているからだろう。当のツツミは、何がまずかったのか理解できていないようだったが。


遅めの昼食後、自分たちの宿舎に戻ったホムラたちは、やることもなくのんびりとくつろいでいた。正確には、くつろぐことしかすることがなかった。

ルートルードらが盗賊団を制圧するのにどのくらいかかるのだろうか。どうであれ、それまでは大人しく留守番だ。

そんなもやもやとした胸中の昼下がり、殲剣隊《せんけんたい》宿舎に来客があった。

「おい、お前ら」

玄関口に目をやると、先ほどの衛盾隊士《ホーレコ》だった。

顔立ちはそこそこ整っているというのに、見下すような目つきがそれを台無しにしている。

「手柄が欲しいよな?」

話は唐突に始まった。

「手柄って、もしかして……」

わざわざ言葉を交わさずとも、意味するところは一つしかない。

「そうだ。盗賊は近隣の廃村に潜んでいる可能性が高い。今晩俺たちが夜襲をかけるつもりなんだが、俺たちより先に討伐しないか？　点数稼ぎにちょうどいいだろ？」

殲剣隊《せんけんたい》と衛盾隊《えいじゅんたい》は、階級が上がるほど待遇がよくなる。その分危険な任務に就くことになるが、それこそ隊士の求めるところで、この男は都合のいい提案をしたつもりのようだった。

しかしそれはこちらを気遣ってのことではない。自分たちが楽をしたい、というホーレコの下心が見え見えだった。

「でも……」

いち早く力をつけなければならないが、ホムラの頭にはルートルードの言葉がよぎっていた。

この世界では、無茶《むちゃ》が容易に死へと繋《つな》がる。前に進もうと足掻くべきときがあるのかもしれないが、今はそのときではない。低級の魔獣ならともかく、相手は人間だ。知恵がある分、危険な相手だった。

……のだが、そういう理屈が通用しない人間もいる。

「面白《おもしれ》えじゃねえか。その話、乗った」

「ちょっと、サイコさん！　無茶ですよ！」

危険なうえに相手の下心が見え見えだったので受け流したかったが、刺激に飢えたサイコを止めるのは困難だ。

「どうせ雑魚だろ。ちゃちゃっと片付けて、とっとと家に帰ろうぜ。うまい飯を食いにな」

「もっと慎重に行くべきですって」

サイコも本気で相手を舐《な》めているわけではないだろうが、そんなノリで決行していい作戦ではない。

「いや、そいつの言う通りだ。盗賊なんてやってるのは大抵、魔法適性のない無能な連中だからな。不意を突かれなけりゃ、新米だろうが奴《やつ》らを倒すのは造作もないぞ」

口先で背中を押してくる。

この世界では、ほとんどの人間が程度の差はあれど身体強化の魔術が使えるらしい。そんな中、その「ほとんど」から漏れた者たちが盗賊に身を落とすことが多いという。

実際に難なくことを終わらせることができるのかもしれないが、安易に飛びつくわけにはいかない。

「不安ならお前は残ってろ。嫌《いや》みでもなんでもねえぞ。アタシがいても救えねえかもしれねえし、だからってみんな仲良く足を止めるほどのんびりしてらんねえからな」

サイコの言うことももっともだった。

異世界に来たとはいえ、自分たちはもうこの世界の住人だ。この世界に危機が迫っていて、自分たちはそれを止める力を秘めている。自分たちが動かなければ、結局自分たちが困るのだ。

見ると、やる気を出しているのはサイコだけではなかった。

「でも……」

言葉が続かない。

どう止めたものかと悩んでいると、そんな不安を晴らすような声が聞こえた。

「君たち、何の話をしているんだ」

穏やかなようでいて、底冷えするような怒りを滲《にじ》ませた声。

「ルートルードさん！」

「やあ」

ホムラに笑顔を向けたルートルードは、すぐさまホーレコに厳しい顔を向ける。その鋭い視線からは、会話のおおよその内容を理解していることが窺《うかが》えた。

「宿舎に入っていくホーレコが見えたから何をするつもりなのかと思えば……」

「これは、こいつらのことを思ってですね……」

「言い訳はいい」

ホーレコは弁明しようとするが、ルートルードのすげない態度に揺るぎはなく、言葉は尻すぼみに消えていった。

青ざめるホーレコをよそに、ルートルードは何やら考え込み始める。

少しの間、沈黙の時間が流れた。

目を閉じていたルートルードは思案を巡らせ終え、ホムラたちに目を向ける。

「よし、決めた。僕は村の守りに徹する予定だったけど、これから僕一人で盗賊団討伐に向かう。夜まで待っていたら、ホーレコも君たちも勝手に動きそうだしね。でも、もし覚悟があるとするならば、君たちだけは僕についてきていいよ。もちろん、出来得る限り君たちのことは守る」

真剣な眼差し。

金盾《きんじゅん》徽章《きしょう》の同伴という安全策で、一歩踏み出す機会を作ってくれているのだ。当然ながら、不安要素を自分の手元に置いておきたいという気持ちもあるだろうが。

サイコの返答はすでに決まっているようで、視線でどうするかを尋ねてきている。

ホムラは悩んだ。

不安がないわけではないが、もしものことがある。自分の力がどれだけ通用するか未知数で、自分が原因で誰かが負傷、最悪死ぬことだってあり得る。役には立ちたいが、足手まといは嫌だ。

うじうじとした逡巡《しゅんじゅん》が続き、さぞイライラしているだろうと思い、ちらりとサイコの姿を見る。

サイコは思いのほか冷静でいた。答えが出るまで待ってくれているらしい。

その姿を見て、ホムラの返答は決まった。

「やります」

足掻《あが》いてみる。それが答えだ。

「ついていかせてください」

おそらく、どう答えても文句は言われなかっただろう。だからこそ、危険であることを踏まえて提案を呑《の》んだのだ。

普段はめちゃくちゃなサイコが無理やり巻き込むのでなく、自分の返答を尊重しようとする姿を見て、ホムラは仲間を信じ切れていないことに気づいた。

ルートルードだけでなく、ジンも相当の実力者だ。

サイコは頭が回るし、ツツミも失敗作ではあるが兵器として育てられている。

プロトは怪力だがよく分からない。地球外機械生命体だから、なんか大丈夫だろう。多分。

「分かった。それじゃあ準備をするから、君たちも準備ができたら門のところで待っていてくれ。ホーレコは、ゲイルとケットとともに村の見張りを頼んだよ。今のところ村を襲うことはなかったけれど、それがいつまで続くか分からない。油断しないようにね」

「はいッ！」

指示を受けたホーレコは、宿舎から素早く出て行った。この場から逃げるように、そそくさと。

「君たちも、僕がいるからって油断しないでね。相手は無能力者だけど、すでに相当数の民間人を殺害している。人を殺すことに躊躇《ちゅうちょ》がない連中だから、情けを掛けようとは思わないようにね」

うちには情けを掛けるような連中はいないので安心してほしい。

「それじゃあ、またあとでね」

笑顔に戻ったルートルードも、後を追うようにして出ていく。

ルートルードの姿が見えなくなったのを確認するなり、サイコは嬉《うれ》しそうににかっと笑った。

嫌な予感がする。

「よし！　これで何人殺せるか全員で勝負できるな！　最下位は罰ゲームな！」

「最悪なんですけど、この人！」

信じた自分が馬鹿だった。

サイコは悪人相手なら平気で人体実験をするような人間だ。悪党成敗はもはや娯楽でしかない。

「はあ、もういいや。早く準備しましょう……」

とはいえ、前言を撤回するようなことはしない。いちいち振り回されるのが嫌だから。


門の外で待っていると、後から兜を抱えたルートルードがやってきた。

「待たせてしまってごめんね、甲冑《かっちゅう》って着るの大変だからさ」

ルートルードの武装は、全身鎧《よろい》と穂先が幅広の剣に似た形状になっている槍《やり》だった。

その身を覆う銀色の鎧はすっきりとした形状のせいか、軽そうに見える。

鎧に纏《まと》わせているサーコートも白色で、これから戦いに行くとは思えないほど清らかな出《い》で立ちだった。

「ほう、これはなかなか」

その武装姿を、ジンが興味深げに眺めている。

「そう眺められると恥ずかしいな」

「相《あい》すまん。武具の類はどうしても気になってしまうのだ」

悪を斬ることだけを考えていたジンは、異世界《こちら》に来てから力試しの楽しさに目覚めたらしく、武具に対しても興味が芽生えたようだった。

「ああ、君みたいな武具大好きな子ってたまにいるね。階級が高いと高価な武装も許してくれるから、こういうのを着たいなら任務を頑張ろう」

「断然やる気が湧いてきたな」

無表情なのに、目だけはヒーローショーを鑑賞する少年のように輝いている。

ガルドルシアでは、殲剣隊《せんけんたい》であろうが衛盾隊《えいじゅんたい》であろうが、階級が高くなければ望んだ装備は支給してもらえない。

資源の節約であるとともに、死んでしまえば盗賊や敵対勢力に奪われる可能性があるからだ。

だからこそ新米は、比較的安全な任務を地道にこなすことから始まる。

「ちなみにこの鎧、魔力を込めれば硬化するよ」

「なんと！」

ルートルードの言うような魔法的な能力が備わった防具も、階級が高くなければ縁のない代物だ。

「そんなんいいから早く行こうぜ」

「ごめんごめん」

朗らかに笑い、ルートルードは先陣を切って歩き始める。

畑に挟まれた道を歩いていくと、畑仕事をしていた村民たちがルートルードに手を振り、ルートルードもまた笑顔で手を振り返す。リィラの言う通り、ルートルードは住民からかなり慕われているようだ。

吹き抜ける風が、麦畑を撫《な》でていく。

今から人を殺しに行くとは思えないのどかさだ。


しばらく歩いていると、道が枝分かれした。森の中に入っていくその道は、一目で廃村に繋がっていると分かるくらい草が生い茂っていた。踏み固められているからか、馬車の轍《わだち》にだけはうっすらとしか草が生えていない。

「なんかいやーな感じですね……」

「まだ気配は感じないけど、死角が多いから油断しないようにね」

いつ襲撃が来てもいいように、ルートルードは兜《かぶと》を被った。

薄気味の悪い道。ただ日差しが木々に阻まれて暗いというだけでなく、嫌なことを予感させる暗さがあった。

廃村への道を歩き始めてすぐ、予感は的中した。

生い茂った草木でよく見えなかったが、壊れた馬車が打ち捨てられていたのだ。

それを見つけたサイコは、すかさず確かめに行く。

「見ない方がいいよ」

「慣れてっから気にすんな」

ルートルードの忠言を受け流し、ずんずんと草を掻《か》き分けていく。

「彼女はたくましいね」

ルートルードは後を追いながらそう呟いたが、このときのホムラには、二人のやり取りの意味が理解できなかった。

「研究所でよく見てたからな、この程度」

「研究所？　君、学者だったんだね」

「まあそんなとこだな。ヒトの枠組みを拡張する、人類の進歩に有意義な研究をしてたんだよ。装甲外骨格化に超振動ブレード搭載副腕の生体装着、色々やったもんだ」

「ええと、よく分からないな……」

「分からなくていいですよー！」

なぜサイコが人体実験の話をし始めたのかは分からないが、その内容は理解しなくてもいいということだけは理解できた。

そんな流れの中、サイコが不意に発した言葉で、先ほどのやり取りの意味を理解することになる。

「あー、食い散らかされてんなあ」

ホムラはゾッとした。

見えないが、そこにあるのは馬車だけではない。馬車に乗っていた人もあるのだ。

耳を澄ますと、微《かす》かにハエの羽音が聞こえる。死体にたかっているのだろう。

「腐ってはいねえから、かなり新しいぞ。それに、女の方は服着てねえってことは、そういうことなんだろうな」

「どうやらこの先にいるのは確かなようだ。それに、馬車の壊れ方も気になるね。この大きな爪痕、魔獣の仕業だ。最悪、盗賊たちが魔獣を飼《か》い馴《な》らしている可能性がある」

「そんなこともできるんですか……？」

「種類によっては、だけどね。まあ、この程度なら僕がいれば大丈夫だよ」

馬車を壊せるほどの大きな魔獣。

それを飼い馴らすには、当然エサが必要だ。

略奪や凌辱《りょうじょく》のついでに、乗員をエサにしていたのかもしれない。

その光景を想像してしまい、ホムラは吐き気がこみ上げた。

真相はどうであれ、身勝手な理由で人を死なせたのには変わりない。怒りなのか悲しみなのか分からない、強い不快な感情が胸に渦巻く。

「急ごう」

ルートルードに促され、進軍を再開する。

村を出たときの緩んだ雰囲気はもう、欠片《かけら》ほども残っていなかった。

空気が張り詰め、一歩一歩が重く感じる。警戒しながらの歩みは、体力以上に精神を疲弊させていった。

周囲の気配に敏感なルートルードとジンがいる。とはいえ、ホムラも油断するわけにはいかなかった。

そこまで気を張り詰めていたが、歩けど歩けど何も起こらない。結局、村のそばに来るまで何事も起きなかったのは、気疲れに徒労感を上乗せして余計に疲れただけだった。

「もうすぐ村が見えてくる頃だよ」

鬱蒼《うっそう》とした森に隠れているが、あと少しで見えてくるらしい。

戦闘の予感に緊張が一層高まったそのとき、背後で何かが光った。

全員そちらに振り向くと、木々の葉の隙間から、天に向けて上る光の筋が見えた。

「あの光は……ケットの魔術か！」

単なる光ではない。攻撃魔術だ。

それは村で戦闘が発生したことを意味している。

「しまった。僕が村を出たところを見られていたのかもしれない。それとも誰かが内通して……。いや、今はそれどころじゃないね。すまないが、僕は急いで村に戻るよ。馬車を壊した魔物を引き連れている可能性があるからね。皆は十分警戒しながら戻ってくるんだよ」

ルートルードは返事を待たず、踵《きびす》を返した。甲冑を着込んでいるというのに、凄《すさ》まじい速さで駆けていく。

あっという間にホムラたちは取り残された。

「えっと……、私たちも戻りましょうか」

そう言って村に戻ろうとするホムラを、ジンが手で遮った。

「囲まれておるぞ」

「え？」

辺りを見渡してみても、草木しか見えない。

感覚が鋭いジンにしか分からないのだろう。

囲まれているのに相手が動かないのは、おそらく向こうもこちらを警戒しているためだ。

「よーし！　じゃ、視界の開けた廃村まで競走するか！」

「はあ？」

確かに今来た道を戻るよりは、すぐ近くにあるであろう廃村に行く方が視界の確保が早い。

だが、それは敵の拠点に乗り込むことを意味している。

「某《それがし》が殿《しんがり》をつとめる」

「ちょっと！」

いつの間にか敵に囲まれ、いつの間にか廃村まで競走する流れになっている。状況が目まぐるしすぎて思考が追い付かない。

「僕がいちばーん！」

「おい、スタートの合図してねえだろ！」

「ツツミも、頑張る！」

抜け駆けのようにプロトが走り始めると、サイコとツツミも後を追い始めた。

「待ってくださいよ！」

舗装されていない、走りにくい道を五人はひた走った。

背後から何かを弾く音が聞こえてくるのは、ジンが矢でも弾いているのだろう。

盗賊の拠点であろう廃村に向かうのは不安もある一方で、言いようのない高揚感もあった。

それほど走ってはいないと思う。死に物狂いで走っていたため、気づけば朽ちた門に飛び込んでいた。

ガダリ村よりは小さい村で、点在している家屋は手入れされなくなって久しいことが一目で分かる。

村の中は静まり返っており、ひと気がないようにも思えた。その印象を覆すように、空き瓶が転がっており、火を起こした跡がある。

追ってきていた者たちも隠れ潜んだのか、今では草木のさざめきだけが漂っている。

その静寂を打ち破るように、家屋の扉が勢いよく開かれた。

ホムラたちは急いで武器を構える。

しかし、飛び出してきた人物の様子がおかしいのは一目瞭然だった。

「助けて――ッ！」

助けを求めるその人物は、手をロープで結ばれた若い女で、はだけた衣服は薄汚れている。旅芸人なのか装いは少し派手で、本人もそれに負けず劣らずの美女だ。

その女は手を結ばれているからか、数歩走っただけでバランスを崩して倒れた。

「おい、逃げるな！」

女が倒れた直後、同じ家屋から身なりの悪い男が怒鳴りながら出てきた。

手にはナイフを持っており、倒れた女を引っ摑《つか》んでそれを首筋に当てる。

「動くんじゃねえぞ。動くとこいつの首が――」

言いながら、盗賊の男はナイフを見せびらかそうとした――のだが……。

「……あ？」

キョトンとした男の目には、先程まで確かにあった自分の右手が見つけられなかった。男は混乱する。

「拐《かどわ》かしたのはその女だけか？」

男は数秒前まで自分がいた場所から、聞いたことのない女の声が聞こえて振り返った。

そこには血の滴る刀を持つ長い黒髪の女がおり、足元には仲間の死体が転がっている。

次いで、突然切り株のようになった右腕から、真っ赤な血が噴き出していることにも気づいた。

そして悟る。

「お、俺の手があああああ――ッ！」

いつの間にか背後にいた女が、すれ違いざまに自分の右手を斬り飛ばしていたのだ、と。

「むう、これでは答えられんか」

「わ、私だけです！」

叫ぶのに精一杯な男に代わって、女が答える。

「相《あい》わかった」

ジンは即座に駆け出し、家屋の扉を次々と斬り開け、盗賊を発見次第斬り殺していく。

その一瞬にして一連の出来事に、男だけでなくホムラたちもまた理解が遅れた。

目の前で起きたことをホムラが理解したときには、叫んでいた男はすでに静かになっていた。

「うわ、うわあああああ――ッ！」

突然の雄叫《おたけ》びに振り返る。

別の家に潜んでいた男が、サーベルを振り上げて走り寄ってきていた。悲鳴にも似た雄叫びが、男がパニックを起こしていることをよく表している。

敵討ちのためか、自身の死を予感したからか、不意打ちという選択肢を捨ててしまうほど冷静さを欠いていた。

その男を次は、サイコとツツミが小振りな刀剣で呆気《あっけ》なく切り刻む。

「あー、二人で殺したときのカウントどうすっかな」

「本当に勝負するんですかッ？」

倫理観をどこに忘れてきたのだろうか。本当に殺した人数で勝負するらしい。

「かくれんぼかい？　面白いね！」

背後ではプロトが家屋を戦鎚で打ち壊している。壁を粉砕する轟音《ごうおん》に混じって、ときおり盗賊たちの悲鳴が聞こえてきた。

盗賊たちは悪人でしかないが、若干不憫《ふびん》にも思えてくる。この世の終わりのような連中と出会ってしまったのは、自業自得ではあるが。

ホムラは捕まっていた女を縛るロープを、転がっていたナイフで切ってやる。

「わ、私のそばから離れないでください！」

そう言ったものの、ホムラの手は恐怖に震えている。自分が身を置いているのは、正真正銘の戦場。死と隣り合わせの場所だ。

解放された女は、無言でホムラにすがりつく。

その表情は決して安心したものではない。

いくら戦いに慣れていなくとも、一般人よりは強い。ホムラは、シグラットから教えられた「持つ者は持たざる者の盾となれ」という言葉を思い出した。

守れる範囲が狭かろうが、その範囲の中のものは死ぬ気で守らなければならない。

自分が彼女を守る。

そう覚悟を決めた瞬間、目の前の女の首を一本の矢が射貫いた。

「え……？」

女は飛んできた矢に勢いのまま倒され、地面に転がる。

目を見開き、何かを訴えようと何度か口をパクパクさせていたが、ついぞ言葉を発することはなかった。

守ろうとしたものが、いとも容易《たやす》く手からこぼれ落ちた。

「くそ、外したか！」

声がした方へ視線を投げると、クロスボウを構えた大男がいた。吐き捨てた愚痴を聞くに、自分を狙っていたのだと分かる。

クロスボウは構造上、矢をつがえるのに時間がかかる。そのためか男はクロスボウを捨て、腰の剣を引き抜いた。

「なんだ、お前も結構いいカラダしてるじゃねえか」

苛立《いらだ》たしげにしていた男は、一転して下卑た笑いを顔に張り付ける。

「抵抗しなけりゃ、生きたまま玩具《おもちゃ》にしてやってもいいぞ。ま、俺は死んでてもいいんだけどな」

舐《な》めるような視線。

その視線がどこに向けられているのか、確かめるまでもない。

殺した女には目もくれず、目の前のお楽しみだけを見ている。

「初めて殺す人があなたのような人で助かりました。心置きなく燃やせます」

ホムラは杖《つえ》を構えた。

その手はもう、震えていない。

「かくれんぼかい？　面白いね！」

プロトは家の窓からこっそりとこちらを覗《のぞ》き見ていた盗賊を発見するなり、地を蹴り、戦鎚を振るった。

「うわあああああああッ！」

砕け散る家。逃げ惑う悲鳴。

たったの一撃で、家屋の半分以上が吹き飛んでいく。

壁際にいた者や弾丸のように飛び散る壁の欠片《かけら》に当たった者は、よくて大怪我《けが》、悪くて即死した。

崩壊する家屋に運良く巻き込まれなかった生き残りを、プロトは追いかけはしない。隠れ場所になりそうな家屋を次々と粉砕していき、盗賊たちを炙《あぶ》り出していく。もはや勝負は二の次で、逃げ惑う盗賊たちの姿を見るのを楽しんでいた。

「襲われる側の気持ち、分かったかーいッ？」

その問いに答える間もなく、ジンやサイコたちが物言わぬ身体にしていく。

「某《それがし》は奥に向かう」

「はーい、頑張ってね」

一帯が静かになったので、ジンは次の獲物を探しに行った。

「サイコたちはどうする？　僕はこのまま家潰していくけど」

「んー、じゃあキレイな死体でも作るわ。試したいことがあるからな」

「どうせ、ろくでもないことなんでしょ？」

「分かってんじゃねえか」

にやりと笑うサイコを見て、プロトはため息の音を発声装置から流した。


剣の間合いではないが、一気に距離を詰められると危うい位置。

男は決定的な動きはしないが、同じくホムラも動けないでいた。

「魔術師ってのは、精神を集中させるためにぶつくさ言わねえといけねえんだろ？　そんときゃ無防備になるってことは知ってんだよ」

男はホムラが魔術師に見えるようで、魔術の詠唱を待っている。

ホムラの炎は魔術によるものではないが、どのみち相手の技量が分からないことには動けない。相手は他の盗賊たちが殺されようとも動じず冷静で、体格もいいので接近されると危険だ。

出方を窺うしかないが、後手に回った時点で殺される可能性もある。

空気は痛いほどに張り詰め、自然と呼吸が浅くなる。

死に直面し、思考回路はいともたやすく混乱を極めた。どう動けば勝てるのか、逃げられるのか、生き残れるのか。解の手がかりすら掴めない。

戦おうと決心したばかりだというのに、情けなくも動けない。

一筋の汗が頬《ほお》をつたう。

「このまま睨《にら》み合い続けてもいいが、ボスが来ればお前ら隊士ごとき簡単に八つ裂きに出来るんだぞ」

盗賊の男はホムラを煽《あお》り、判断力をさらに失わせようとする。

はったりかもしれないが、この惨状を見ても眉一つ動かさずにうそぶけるほど、ボスの力量を信頼しているのかもしれない。

盗賊は無能力者が落ちぶれた姿と聞いたが、そのボスまで無能力者とは限らない。

だとするならば、思った以上に危険な場所に立っている。

一《いち》か八《ばち》か炎を噴射しようかと思っていたそのとき、犬の遠吠《とおぼ》えが轟いた。

咆哮《ほうこう》は遠くから聞こえてきたが、空気をビリビリと揺らすほどの大きさで、その声の主がただの犬ではないと直感的に感じ取った。

ホムラは思わず身を硬直させてしまったが、それは相手も同じだった。

男は隙を見せてしまったと焦ったのか、飛ぶように踏み込んだ。

今やらなければ、やられる。ホムラは決心せざるを得なかった。

「燃《ファ》え《イ》ろ《ア》！」

短く唱え、杖の柄にある穴に炎を流し込んだ。その炎は柄の中を通り、先端から勢いよく噴き出る。

男は呆気なく炎に呑まれた。

「あああああああああああッ！」

「すみません、これ超能力なんですよ」

基本的に本物の魔術の詠唱は、数フレーズからなる文章であることが多い。だが、ホムラの詠唱は、気分を上げるためだけのものだった。

殺したのが悪党だからか、罪悪感は思っていたほどではない。

とはいえ人殺しには違いないのだから、罪悪感の薄さに自己嫌悪してしまう。

そんな陰鬱な気分を味わいながらも、ホムラは目の前の燃え盛る盗賊から、不思議と目が離せなかった。

踊る炎の色、つんざく悲鳴の音色、人が燃えるにおい。

そのすべてが、ホムラの意識をとらえて離さない。

ぼんやりと世界が滲《にじ》み、しかし揺らめく炎と熱さにのた打ち回る男の姿だけは、はっきりと網膜に焼き付いていく。経験したことのない、高揚感と浮遊感。

意識が溶けようとしたそのとき――。

「ホムラ！　ねえ、ホムラ！」

突然肩を揺さぶられ、世界が澄み渡っていく。

「どうしちゃったの？　様子がおかしかったけど」

思考も澄んできてようやく、プロトに話しかけられていることを理解した。

「あれ、どうしちゃったんだろ、私……」

いつの間にか杖を取り落としていた。

「それと、顔」

プロトは自分の兜《かぶと》の口元をコツコツと指先で叩いた。

何か付いているのかと思い、頬を手で撫《な》でてみると……。

「あっ……！」

ホムラは慌てて口元を手で覆った。

焼け死ぬ男を見て、うっすらと笑みを浮かべていることに気づいたのだ。

「ホムラもサイコと同類だね」

「そんなことない……はず」

歯切れの悪い否定しかできなかった。

戦闘が終わったのか、気づけば辺りが再び静まり返っている。とはいえ、プロト以外の姿はない。残党がいないか見回りでもしているのだろうか。

辺りを見渡すとそこかしこに死体があり、特にプロトの犠牲者は原形を留めていないものが多かった。

「おえええええッ！」

あまりにも凄惨な光景に、ホムラは思わず嘔吐《おうと》した。

「そんなことより、さっきの遠吠え聞いたでしょ？　もしかして例の魔獣、こっちにいるのかも」

馬車の残骸を思い出す。

あの惨状を作り出した元凶がいるのなら、ここで止めなければ更なる被害が出る。今度こそ戦わなければならない。

吐いている場合じゃないと口を拭い、足腰に力を入れる。

「行ってみましょう！」

聞こえてきた方向、村の中心部へとホムラたちは走った。

中心部に近づくにつれ、聞こえてくる戦闘音。

たどり着いた広場では、息を切らしたジンがいた。

「どうしたんですか！」

「まずいことになった」

「やっぱり……」

ホムラはジンの視線の先、交戦相手に目を向けた。

それを見た瞬間、ホムラは言葉を失った。そこにいるのが魔獣だと思っていたからだ。

「俺の部下を殺しやがって！　殺してやる、クソガキども！」

憤り、殺意を向けてくるそれは、人の形をしているが、決して人間ではなかった。

「化け物……」

化け物。そう形容できる風貌だ。

肉体は毛皮に包まれ、頭部はオオカミのそれだった。

強いて分類するならば、「狼男《おおかみ》」と呼べるのかもしれない。だがその姿は、その枠組みに当てはめるには歪《いびつ》すぎた。

遠目でも分かるくらいに大柄で、その身に纏《まと》う筋肉は異常なほど発達している。特に肩や腕の筋肉は肥大しすぎているのか、毛皮を裂いて筋肉が露出している部分もあった。

人間など容易に食いちぎるであろう鋭利で大きな牙が口に並んでいるが、それ以上に大きな牙状の棘が、その剛腕に並び生えている。

一目で、この魔族が馬車を壊したのだと理解できた。きっと羽虫を叩《たた》き潰すくらいの力加減で壊したに違いない。

その剛力を裏付けるように、彼が殴ったであろう地面は割れ、捲《めく》れあがっていた。入隊試験のときに見た重戦士の一撃と同じ威力を、素手で放っているのだ。

「これが……魔族……」

中には歴戦の隊士を圧倒するような魔物もいると聞いたが、目の前にいる剛狼《ごうろう》がまさしくそれだった。ジンをして「まずいこと」と評価せざるを得ない状況だ。逃げるしかないが、見逃してくれるとは思えない。

「このにおい……。お前ら、この前も俺の部下を殺してるな？」

異世界に来て初めて出会った盗賊のことだろう。

剛狼《ごうろう》の顔がさらに怒りで歪む。絶対に見逃してくれそうにない。

「ああ、馬車を襲っていた盗賊か……。ふん、随分と躾《しつけ》のなっていない獣だったゆえ、某《それがし》が躾けたまでのこと」

「犬の癖にペットじゃなくて飼い主なんだね。わんわん！」

「ちょちょちょ、ちょっと、何煽《あお》ってるんですか！　殺されますよ！」

案の定、剛狼《ごうろう》はさらに憤慨した。

「殺すッ！　一人残らず食い殺してやるッ！」

牙を剝《む》き出し、汚らしく涎《よだれ》を飛ばしながら叫ぶ。

「ほらあ！　怒ってるじゃないですかあ！」

盗賊団のボスは地を蹴った。巨軀《きょく》とは思えないほどの敏捷《びんしょう》さで、瞬く間に三人の前にまで迫っていた。振り上げられる丸太のような腕。ホムラは死を悟った。

「ホムラ、危ない！」

その腕が振り下ろされる一瞬前、横から凄《すさ》まじい衝撃を感じた。

気づけば横方向に吹っ飛んでおり、一瞬前自分がいた場所には、剛狼《ごうろう》の爪撃を受けて弾《はじ》き飛ばされるプロトの姿があった。プロトは剛狼《ごうろう》の攻撃から守るために、ホムラを突き飛ばしたのだ。

プロトが身に着けている鎧《よろい》は抉れ、内部に張り巡らされたワイヤーが剝き出しになっている。

「いったあああああああああああい！」

ただ、そんなこと気にならないくらい腕が痛かった。

「いたああああああ――あ、嘘《うそ》、折れてる？」

ひどく痛む腕を見ると、関節がない部分で曲がっていた。

プロトは剛狼《ごうろう》の攻撃から守るためと何となくのノリで、無駄に力強くホムラを突き飛ばしたのだ。

「あはは、ごめーん！」

半笑いの謝罪が聞こえてくる。

「後で説教！」

こんな状況でふざけないでほしい。

だが、剛狼《ごうろう》の意識はジンとプロトの二人に集中している。挑発と悪ふざけによって頭に血が上った剛狼《ごうろう》の目には、ホムラのことなど微塵《みじん》も映っていなかった。

魔術師は厄介なため、真っ先に狙われることが多いらしい。自分のために道化を演じたのかもしれないが、腕が折れるほど力強く突き飛ばす必要は絶対になかったと思う。

戦鎚を拾ったプロトは、ジンとともに魔物と対峙《たいじ》する。

「プロト、行けるか？」

「どうだろうね。当たれば行けると思うけど、多分当たんない」

「そうか、某《それがし》も行ける気がせんな」

「じゃ、死ぬ気で頑張るしかないね」

武器を持ち直し、二人同時に走り出す。そこからは目で追えない戦闘が繰り広げられた。

相手は当たれば致命的な一撃を立て続けに繰り出し、ジンはなかなか近づけない。隙を突き踏み込めたとしても、並外れた反射速度で躱《かわ》す。互いに攻撃を繰り出しているが、見切り見切られ、当たることはない。

剛狼《ごうろう》が腕を振るうたびに地面は陥没し、まるで地震のように地を揺らした。

プロトは剛狼《ごうろう》よりも強力な、地を砕くほどの打撃を放つが、ジンを相手取っていてもなお衰えない反応速度で躱《かわ》される。

逆に、剛狼《ごうろう》は一撃後の隙を突かれ剛腕で弾き飛ばされている。

剛狼《ごうろう》がプロトに意識を向けたその一瞬を突いてジンが刀を振るうも、肌を薄く斬るほどの傷しか負わせられない。相手が消耗するのを待つしかないが、消耗すれば危ういのはこちらも同じ。むしろ、相手に疲れている気配はない。

ジリ貧かと思えたそのとき、見当たらないと思っていたアホの声が響く。

「面白えことやってるじゃねえかあ！　アタシも交ぜろや！」

声の主は、言うまでもなくサイコ。その傍《かたわ》らには、見知らぬ大男が。手にはサーベルを持ち、サイコに付き従っているように見えた。

「お頭ァあああああ助けてくれぇえええええええ！」

「目が、目が見えねえ」

「俺の身体どうなってんだ」

大男は一度にいくつもの声を発している。

あり得ないのはそれだけではない。人間とは思えない巨軀もさることながら、なんと腕が四本あり、手に持っているように見えたサーベルは、手の代わりに腕から生えているのだ。

「はあ……。ここまでだとは思ってなかったよ」

「うむ、呆《あき》れ果《は》てた奴《やつ》だ」

何かを察する二人を見て、ホムラはようやくそれがどういう存在なのか思い当たった。

「もしかして……」

「どうだぁッ！　自分の可愛《かわい》い可愛い子分が、B級ホラークリーチャーにされた気分はぁッ！」

「この腐れド外道《マッドサイエンティスト》！」

サイコの人体実験の産物だ。我が部隊のマッドサイエンティストは楽しくて仕方がないというように、顔は愉悦に歪《ゆが》んでいる。人の形をした邪悪だ。

「名付けて、『恐怖！　廃村に潜む殺人サーベル男くん』だ！」

「もっとマシな名前付けてあげてくださいよ！　いや問題はそこじゃなくて！」

「あの犬っころを殺せ、サーベル男！」

早速名前を省略されたサーベル男くんは、言われるがままに剛狼《ごうろう》に向かって突っ込んでいった。元々は剛狼《ごうろう》の部下だったのに、何故《なぜ》かサイコの意のままに動いている。

一体サイコが何をしたのかは分からないが、一つだけ分かることは、それがひたすらに冒瀆《ぼうとく》的な所業ということだけ。嫌悪感が半端じゃなかった。

そんな極悪非道に助けを求めなければならないことが、たまらなく情けなかった。

とはいえ仲間を助ける気持ちは本物のようで、サイコは腕が折れているホムラを見つけて一直線に駆け寄った。サイコは素早く治癒魔術を唱え、折れた腕を治した。

折れていた部分の痛みは引いたが、代わりに焼けたように熱くなる。重傷を一気に治療したことに対して、肉体が反応しているらしい。

「あれ、何なんですか？」

「魔術で魂をツギハギしただけの初歩的な人造魔物だ。治癒魔術を応用してるんだぜ」

「応用の仕方が最悪ですね……」

もしこのことがバレたら、一体どうなるか……。そうなれば他人の振りをしよう。

「お頭ァ、助けてくれえええ！」

目の前のボスに助けを求めながら、サーベル男くんは襲い掛かる。サーベルの生えた腕を無様に振り回し、転びそうになりながらもよたよたと走り続けた。

そんなサーベル男を剛狼《ごうろう》は一息で間合いを詰め、殴り倒す。

「クソがぁッ！　コケにしやがって！」

耳を覆いたくなるほどの咆哮を轟かせ、拳を振り下ろす。

「そいつが腕ぶん回すだけのアホだと思ってんのか？」

拳がサーベル男くんの頭部を潰す直前、彼（？）の身体は急激に膨張し始めた。

「なんだ、何が起きてんだ」

剛狼《ごうろう》が拳を振り下ろすのを止め、警戒するために跳び退こうとしたとき、サーベル男くんの上半身は弾け飛んだ。

「ぐあっ！」

それと同時に、サーベル男くんの身体の内部から撒《ま》き散らされた黒い霧に周囲が包まれる。

ホムラはその霧を見たことがある。あれは……。

「あれって……ツツミちゃんッ？」

上半身が弾け飛んだ場所、霧の真っただ中に一人の小柄な少女が佇《たたず》んでいる。

ホムラは反射的に隣にいたサイコを睨《にら》みつけた。

「ツツミを組み込んでみた！」

「何やってるんですか、もう！」

サイコの肩を叩く。

「いってえな。大丈夫だからやったに決まってんだろ。ツツミはな、肉体だけじゃなくて魂の再生能力もずば抜けてんだ。だから多少弄《いじ》ってもすぐ元に戻んだよ」

「それでもです！」

もう一発叩く。

「ツツミちゃんも、そんな危ないことに協力しないの！」

ツツミは毒ガスを撒き散らしながら、手を振ってくる。

「まあいい、お前ら撤退するぞ！」

トドメを刺すのではなく、撤退。

毒に冒されているはずの剛狼《ごうろう》を見てみると、平然と霧を追い払っている。自分たちは一瞬で手足が痺《しび》れたというのに、毒の効き方が薄いようだ。

それでも動きや感覚は確実に鈍っている。部下の塊から現れ、毒を撒き終えて逃げるツツミを追うことはなかった。ホムラは駆け寄ってきたツツミの手を取り、走る。

数秒後、自分より足の速いツツミに手を取られるようにしてホムラは走った。


それからは一心不乱に走ったが、森の中を走った記憶はない。気づけばガダリ村に続く道を走っていた。

「はあ、はあ……！」

息も絶え絶えで、よく体力がもったものだとホムラは自分自身に感心した。火事場の馬鹿力なのか、実は自分も身体強化の魔術に適性があったのか。

もう安全だろうと、へとへとになりながら村へと歩いていると、門の前に何やら人が集まっているのが見えた。

「何やってるんでしょうかね、あれ」

「後始末だろ」

「後始末？」

その言葉の意味を、村に近づくにつれて理解した。盗賊の死体を並べているのだ。そのほとんどが剣で滅多《めった》刺しにされたような傷がついており、凄惨なやり方で殺されたのが分かる。

門前にはホーレコのほかに二人の男女がいた。もしかすると、ケットとゲイルと呼ばれていた隊士かもしれない。

ホーレコは死体並べに忙しくしていたが、こちらの姿を見て固まった。

初めのうちは、自分たちがひどい戦闘に巻き込まれたことを察して驚いているのかと思ったが、様子がおかしい。

まるで幽霊でも見たかのように、愕然《がくぜん》としているのだ。

その表情を見て、ジンが顔をしかめた。珍しいと思って見ていると、その険しい顔は一瞬にしていつもの仏頂面に戻っていた。

「お前ら、どうしたんだ？　たかが盗賊相手にそんなに手こずったのか？」

「んなわけねえだろ。遊んでやったんだよ、たかが盗賊相手によ」

妙に演技臭い。

イラつきを隠さず、サイコは答えた。

「そんで、お前らはハッピーな死体の処理して楽しそうだな」

「ハッピーな死体？」

ホーレコたちの様子にばかり気を取られていたが、並べられている盗賊たちの死体の表情がおかしいことに気づいた。そのほとんどが、引きつったような表情をしているのだ。見ようによっては、笑っているようにも見える。

「ああ、盗賊なんてやってる連中だからな、どっかおかしいんだよ」

ホーレコは乾いた笑いで受け流した。

「サイコさん、そんなことよりルートルードさんに会いに行きましょう」

「そうだな」

怪しいことだらけだが、ここで追及してもしらを切られるだけだ。

それよりも急いで報告することがあった。

ルートルードは駐屯所の執務室にいた。

「その様子……ああ、僕が最後まで付いていてあげれば良かったね……。でも無事で良かったよ」

心の底から安堵《あんど》している表情でホムラたちを迎えた。

ルートルードはすでに鎧《よろい》は脱いでいるが、漂う血の臭いが戦いの様子を物語っていた。

「ルートルードさん、実はですね……」

ホムラは廃村であったことを話した。

馬車を壊したのは魔獣ではなくおそらく魔族で、その魔族は盗賊団のボスだったということ。

サイコが非人道的な行為をしたことはもちろん言っていない。

その報告を聞いていくにつれて、ルートルードの顔は険しくなっていった。

「オオカミに似た獣人魔族か……。そういう魔族は聞いたことがないな。遠方から来たか、もしくは……」

「人為的に作られた魔族か、だろ？」

ルートルードは目を見開いた。

「驚いたな。君もその結論にたどり着いたんだね」

「服装がおかしかったからな」

「服装？」

ホムラはあの魔族の姿を思い返してみても、おかしな点が思いつかなかった。上半身は裸で、ボロ布のようなズボンを穿《は》いていた、とだけ。

「身体が突然肥大したからだろうな、そんなズボンの破れ方だった」

「……確かに！」

あんな凶悪な相手と対峙《たいじ》しておきながらそこまで気が回らなかったが、よくよく思い返してみると、おかしいことに気づく。

元からそういう体軀《たいく》の種族なら、自分のサイズにあった服装をする。そうではないということは、何らかの事情がある可能性がある。

「君たちも聞いているかもしれないが、魔王の活動が再開したという噂《うわさ》がある。盗賊団の頭領もその活動の一環として魔物にされたというのなら、事態は思った以上に深刻かもしれない。君たちが殺されなかったのも、まだ彼が魔物の身体に慣れていなかっただけの可能性がある。わざわざ手間をかけて魔物にするんだ、弱い魔物を作るわけがない。肉体に適応してしまったら、僕でさえ勝てるかどうか……」

　深刻な表情のままルートルードは紙を取り出し、何かを綴《つづ》り始めた。

「君たちの研修は一旦中止だ。これは護国聖盾《ごこくせいじゅんしょう》将のシグラットの救援を要請する書状だ。確実に奴を殺さないといけないからね。これをガルドルシアまで持って帰ってくれ」

　ホムラは書状を受け取った。

「今日はもう日が暮れるから、出発は明日の日の出とともに頼むよ」

「はい！」

　想定外の事態が立て続けに起きている。いずれこのような状況も自分たちで対処しなければならないときが来る。それまでに力をつけなければ。

　ホムラが使命感を胸に秘め、宿舎にたどり着いたそのとき、サイコが言い放った。

「よし、じゃあ、ホムラの罰ゲーム何にすっか会議するか」

「あの勝負まだ有効だったんですね！」

　想定外のことが起きても罰ゲームはするらしい。

八章　『噛み殺し』

　夕食後、五人は部屋の明かりもつけずに話し合っていた。

「やっぱり、ホーレコさんたちが怪しいですよね？」

　話題は当然、村に戻ったときのホーレコたちの不審な表情についてだった。

「あやつらからは小悪党のにおいがする」

「同感だな。少なくともアタシらが生きてるのが不都合なんだろうよ」

　ジンは窓から外を覗き、ホーレコたちに怪しい動きがないかを休むことなく監視している。

　あのときホーレコだけでなく、ともに死体を処理していた二人も驚いていた。このことから、三人は繋がっていると考えていい。

　ルートルードが言うにはケットが魔術師らしいので、二人のうち魔術師の女がケット、残った戦士の大男がゲイルということだろう。

「多分、そう遠くないうちにイヌッコロと接触するはずだ。早くて今晩だな」

　ホーレコを尾行し、廃村から移動しているであろう盗賊団のボスの居場所を突き止めることが作戦だった。

「居場所が分かったら、ルートルードさんに報告しないとですね」

「いや駄目だ」

　きっぱりとサイコは否定した。

「え、なんでですか？」

「アタシらがボコって点数稼ぎするんだよ」

「またアホなこと言って！」

「点数稼ぎさせたがってたんだから、逆に感謝してほしいくらいだぜ」

「もっと真剣に考えてください！」

　確かに点数稼ぎとして盗賊狩りを提案してきたが、あれはただの建前だったということは分かり切っている。

「ま、正直に言うと、あの優男に報告すりゃ今度は絶対に止められるからな。あいつが出向いたら出向いたで、イヌッコロが不意打ちで村を狙えば村が終わる。かといって守りの姿勢に入れば、イヌッコロに逃げられる可能性がある。だからアタシらが行くのが一番なんだよ」

「ちゃんと考えてるんなら、早く言ってくださいよ……」

　ただでさえ初めての実戦で疲れているのに、無駄に疲れる冗談はやめてほしい。と思ったが、点数稼ぎしたいというのも本音な気がする。

「考えるに決まってんだろ。こんな知らねえ世界を救う義理なんざなかったが、関わっちまったもんを放り出すほど人として終わってねえよ」

自分たちはもうこの世界の住人だという自覚は、サイコも持っていた。かなり自分勝手な性格をしているが、それでもこの世界と向き合っているのだ。

積極的に行動しようとしている分、胸に抱く志は自分よりも高い。

自己嫌悪とともにサイコのことを感心していると、プロトが当然の茶々を入れた。

「そこ以外が終わってるけどね」

「うっせえ！」

確かに大部分が終わっている。

「それで、勝算はあるんですか？」

撤退を余儀なくされるほど実力差がある。その差を埋めなければ、結局逃げられる。しかもその場合、自分たちの死というオマケもついている。慎重にことを進めなければならない。

「要《かなめ》はツツミだな。また毒出せるか？」

「ご飯、いっぱい……食べたから……！」

自分はやれるぞ、とツツミはガッツポーズをしてみせる。

毒生成も食事でなんとかなるらしいが、あまり無理をさせたくない。そんなことを言っていられる状況ではないと分かっているが。

「銀盾《ぎんじゅん》の下っ端どももいるだろうが、そっちはジンとプロトでどうにかなるだろ。問題はイヌッコロだ。毒が多少効いてたからな、そこにかけるしかねえ。動きが鈍ったところに二人が畳みかける。そんで、行けそうならお前の出番だ、ホムラ」

「わ、私ですか！」

「流石《さすが》に焼かれれば、かなりのダメージを負うはずだ。つっても、そこまで期待してねえよ。ジンですら、ほとんど届いてなかったんだからな」

それを聞いたジンは、微《かす》かに渋い顔をした。負けを認めざるを得ないのが悔しいのだろう。

「頑張ってみますけど……。うう、緊張する……」

期待されていないとはいえ、切り札になりえるというだけでプレッシャーに押し潰されそうだった。喜ばしいが、これまで散々醜態を晒《さら》しているので、役割を果たす自信は欠片《かけら》もない。

だが、自信があろうがなかろうが、現実は勝手にことを進める。腹を決めてやるしかない。

「毒の制御が不完全なツツミは、一回毒を出し始めたらガス欠になるまで止められねえからな。一発勝負だ。最優先はイヌッコロ。駄目なら即逃げる。全員無事に逃げられるとは思わねえから、生き残りが優男と今後のこと相談しろ」

計画は敗走も視野に入っている。そのもしものことを考えるだけで、ホムラは胸が締めつけられた。もう二度と死にたくない。

「他の奴《やつ》らには聞くまでもねえが……」

前置きをして、サイコはホムラの目を見つめた。

「ホムラ、それでもお前はついてきてくれるか？」

また、逃げることが許される。

「お前には戦うための能力はあるが、それだけだ。ちょっと前まで一般人だったお前が、本当なら守られる側の人間だってことくらい、アタシだって心得てる。それでも、この作戦の成功確率を1％でも押し上げるために、命を張ってくれるか？」

死にたくはないが、逃げたくもない。

「私も……」

ホムラは震える手を握りしめた。

「私も行きます。私だって人ひとり殺してるんですから、怖いからって逃げません。逃げちゃいけないんです」

悪人とはいえ、すでに一人殺している。その責任から目を背けてはいけない。

「お前も真面目だなあ。ま、限りなく足手まといなのは確かだから、逃げるときは優先して逃がしてやるから安心しろ」

「一言余計ですよ！　せっかく覚悟決めたのに！」

作戦会議が終わったところで、外を監視していたジンが口を開いた。

「静かに」

その一言で部屋に緊張が走り、静寂が張り詰めた。

「見よ」

ジンが顎で示した先を見ると、ホーレコ、ケット、ゲイルの三人が駐屯所から出ていくところだった。

日はすでに落ち、月光と鉱石灯だけが地面を照らしている。

ぼんやりと明るい村の中を、三人は周囲に目がないか気にしながら歩いているようだった。

「んじゃ、尾行開始だな」

ホムラたちは、三人が門を出たのを見計らって宿舎から忍び出た。目立たないように二組に分かれての尾行。前班は隠密《おんみつ》が得意なジンとツツミが、後班は残りのホムラ、サイコ、プロトが担当した。

「これでただの見回りだったらどうします？」

ホムラは同じ後班であるサイコに尋ねる。

「んなわけねえだろ。じゃあなんで外に出てからの方が落ち着いてんだよ」

「言われてみれば確かに……」

村から出る際にはあれほど周囲の目を気にしていたのに、出てからの足取りには迷いが一切ない。

畑仕事をしている村人は、日が落ちる前には村に戻っている。あの躊躇《ためら》いのない歩調は、周囲を気にする必要がないからだとしか考えられなかった。

尾行が悟られないように、次第にホーレコたちと距離が離れていく。ついにはジンとツツミの背中を追う形になった。

その二人の背中が、廃村への道へ進んでいく。

「村に着いたら生き残りに囲まれる、なんてことないですよね……？」

「僕が見た限り、生き残りはいそうになかったけどね、わんちゃん以外は」

廃道は暗く、木々の隙間から降り注ぐ月明かりだけが頼りだった。

夜の森は昼に来た時と違い、本能的な恐怖を覚えるほど不気味だ。

西洋ではその昔、森を「異界」と捉えていたことをホムラは思い出す。自分たちが住んでいる世界とは別の世界と思うほど、森は危険な空間だったのだ。野獣や盗賊、そのほかにも命を落とす要因が潜んでいる。

昼間以上に気を張り詰めねばならず、一歩踏み出すだけで精神が擦り切れていく。

とはいえ運が良かったのか、野獣や盗賊たちが身を潜めているだけなのか、ホムラたちは何事もなく廃村の門へたどり着いた。安堵《あんど》のためか、自然とため息がこぼれる。

落ち着いたところで、ホムラは門を覗《のぞ》き込んだ。

「あれ、まだ奥に行くんですね」

「まあ、ここに留まるほどバカじゃねえってことだろ」

ジンたちは廃村にたどり着いてもなお、奥に進もうとしている。ここは単なる中継地点のようだ。

十分距離を離して、尾行を再開する。

尾行再開の一歩目、廃村の門をくぐったそのとき、ホムラの鼻腔《びこう》を異臭が満たした。思わず鼻を腕で覆う。

「うえっ、この臭い……」

血の臭い。昼間の虐殺の跡だ。

そこかしこに死体が転がっている。そう思い見渡してみたが、思っていた光景とは違い、ホムラは驚いた。

死体がひとつとして見当たらないのだ。

その代わり、引きずられた跡と、それに沿うようにして血痕が続いていた。幾筋もの赤い道はひとつに合流し、村の奥へと続いている。

死体がどこかへ集められている。何の目的があってなのかは分からない。悠長に弔っているわけではないと思う。

ジンたちはその流れを追うように進み、ついには村の外、森へと再び入っていった。

「こっちにも門があったんですね」

裏門と言うべきか、ホムラたちが通ってきた門と違い周りに家屋も少なく、ひっそりと門が設《しつら》えられている。

門をくぐると、さらに血の臭いが濃くなっていく。

むせるのを我慢しながら歩を進めていると、血の跡の終着点へは、森の中を数分も歩かないうちにたどり着いた。

血の道は森の中に唐突に現れた崖、その岩壁に空いた洞窟の中へと続いている。

道から外れた場所にある大きな岩の後ろにジンたちが隠れており、手招きされるままホムラたちも身を隠した。

視線の先では、ホーレコら三人が洞窟へ向かって声を掛けている。

「許せとは言わないが、手違いがあった」

洞窟に潜む何者かへ弁明している。

「手違いだと！　手違いで俺の仲間は殺されたっていうのかよ！」

暗闇から轟《とどろ》く声を聞くに、弁明相手は予想通り盗賊団のボスだった。

ホーレコへの殺気と怒気を込め、喉が裂けそうなほど声を張り上げている。

「やっぱグルだったな」

予想が的中し、サイコはにやりと笑う。

やはりホーレコたちは、自分たちを殺そうとしたのだ。

「詫《わ》びとして、またアレを持ってきたぞ」

ホーレコは小瓶を見せびらかす。中には液体が入っているように見えた。

「詫びになってねえんだよ、クソが！　だいたい、それは何なんだ――」

怒り狂っていた声がぴたりと止まる。

黙したまま、剛狼《ごうろう》が洞窟から姿を現した。その口元は真っ赤に染まっており、新鮮な肉を食べていたことが分かる。

「貸せ」

ホーレコが持っていた小瓶を奪い取ると、蓋を外して中の液体を飲み干した。

一体それが何なのか見当もつかないが、脅威になりうる代物だということは推測できる。

その推測は、すぐに現実のものとして無理やり理解させられた。

液体を口にしてものの数秒で、剛狼《ごうろう》は悶《もだ》え始める。

「グッ、アアアアアアア――ッ！」

痛みに叫び、苦しみに身を捩《よじ》らせた。

それは決して毒などではない。

苦悶《くもん》とともに剛狼《ごうろう》の身体はさらに肥大化し、毛皮を裂いていく。爪や身体に生えた棘も太く、強靱《きようじん》になり、凶悪な形へと変貌していった。

様相の変異は、一目でその戦闘能力の高さを窺《うかが》い知れた。

恐ろしさに息を呑《の》んでいたのは、ホムラだけではない。

悶えている今は無防備に見えるが、近づくのは危ぶまれる。今攻め込むべきなのか、サイコですら計りあぐねていた。

変異の終わりと同時に、苦痛の声はおさまる。

落ち着きを取り戻した剛狼《ごうろう》は、肩を突き出し、ゆっくりと身を屈《かが》めはじめる。

何をしているのだろうか。そう思った次の瞬間、サイコが叫んだ。

「下がれ！」

「え？」

言葉の意味を理解する前に、サイコに突き飛ばされた。

地面に転がる一瞬前、身を隠していた岩があったはずの場所に、剛狼《ごうろう》が立っているのが見えた。

いつの間に。そう思いながら勢いのまま地面を転がっていると、身体中《からだじゅう》に殴られたような痛みが走った。

視界に降り注ぐ石くれを見て気づく。剛狼《ごうろう》が一瞬にして迫り、突進の一撃で岩を粉砕したのだと。

サイコに突き飛ばされなければ、死んでいた。

「想定外だ！　撤退！」

サイコに無理やり立たされたホムラは、反射的に村へと走り始めた。

身体はちぎれそうなほどに痛み、心臓は恐怖で強く波打っている。

凄《すさ》まじい俊足を見せた剛狼《ごうろう》は、不思議と追ってこない。それでも見逃してくれたとも思えず、一行はそのまま一心不乱に走り続ける。

門をくぐり、視界が開けた。ちらりと一瞬だけ振り返ると、やはり剛狼《ごうろう》の姿は見えない。

そのときふと、ホムラたちの横を突風が駆け抜けた。

衝撃、轟音《ごうおん》、砂塵《さじん》。

一瞬にして目の前の風景が変わった。

先ほどまで傷一つなく建っていたいくつもの家屋が、今は瓦礫《がれき》となって散っている。

足は混乱と恐怖で止まった。

ゆっくりと振り返ると、数筋の溝が森の中から延びている。

その先には、腕を振り上げた剛狼《ごうろう》が立っていた。

「すまん、これくらい想定しておくべきだったわ」

そう呟《つぶや》くサイコの頬《ほお》には、一筋の冷や汗が伝っている。

剛狼《ごうろう》は腕を一振りしただけで、その衝撃波は地面を抉《えぐ》り、遠く離れた家屋を破壊したのだ。

前回会った時とは段違いの戦闘能力を備え、剛狼《ごうろう》は今、ホムラたちの前に立ちはだかっている。

「これが、『力』か……！」

剛狼《ごうろう》すらも身震いをし、自身の力に驚きを隠せないでいた。

「いいぞ、いいぞ！　これでルートルードも殺せる！　護国聖盾《ごこくせいじゅんしょう》将を狩るのだって夢じゃねえ！」

剛狼《ごうろう》は、手にした強大な能力に狂喜する。まるで新しい玩具《おもちゃ》を手に入れた子供のように、無邪気に。

「だがまあ、その前にお前らだ。全員食い殺してやる」

一転、ホムラたちに鋭い視線を向けた。その目には底冷えするような冷徹な殺気が湛《たた》えられており、自分の部下の敵討ちに燃え上がっていた。

「こりゃ流石《さすが》にゲームオーバーか？」

絶望を前にして、サイコは無意識に引きつった笑顔を作っている。

一方ホムラは一言も発せられず、呼吸を整えることすらできないでいた。

ジンやプロト、ツツミも無言で武器を構えるが、誰一人としてこの場を切り抜けられると信じる者はいなかった。

まさに絶体絶命。

一歩、また一歩と剛狼《ごうろう》が歩いてくる。自身の力量に裏付けされた、勝利を確信した余裕が足音から伝わってくる。

焦ることなく極めて冷静に、確実に仕留められる距離へと足を運んでいる。

ホムラは後ずさりすらできず、腰が抜けるのを必死に耐えるだけ。

「ルートルードさん……」

震える唇から、助けを求めてその名を絞り出す。

ここにいるはずがない。こんな声が聞こえるはずがない。

初めからルートルードを頼れば良かった、というのは結果論だ。どの選択肢を選んだとしても、誰かが死ぬ可能性はあった。

やっぱり死にたくない。そう思ったそのとき……。

「呼んだかい？　ホムラちゃん」

聞こえるはずのない声が聞こえた。

ホムラは振り向く。

「まったく、無茶《むちゃ》をしないように言っていたのに」

そこには確かにルートルードが立っていた。

「ルートルー――」

ホムラは声に安堵と喜びを乗せ、その名を口にしようとした。

だが、言い終える前に言葉が詰まってしまった。

目の前を通り過ぎるその姿を、しっかりと見てしまったからだ。

「ああ、まだ洗っていなくてね。汚れたままなんだ」

殺戮《さつりく》の名残。

美術品のように美しかった銀色の甲冑《かっちゅう》と白色のサーコートは、盗賊の血でドス黒く変色している。

穏やかな声とは裏腹に、その姿は血に飢えた怪物のように見えた。

「ルートルード、てめえ……ぶっ殺してやる！」

剛狼《ごうろう》が目に見えない勢いで腕を振るうと、衝撃波が強靱な爪に沿って放たれた。

轟音とともに、衝撃波が地面を抉りながら迫ってくる。

家屋すら粉砕する威力だ。いくら金盾《きんじゅん》隊士といえど、ひとたまりもないはず。

ホムラが恐慌に陥ろうとしたそのとき、ルートルードが庇《かば》うように前に出た。

一歩前に出ただけである。

防御の姿勢をとるわけでもなく、避けるわけでもなく、前に出ただけ。

その行動に呆気に取られているうちに、突風に巻き上げられた砂が視界を満たす。

轟音は耳をつんざいたが、衝撃は襲ってこなかった。

助かった。それはルートルードが身代わりになってくれたことを意味する。

ホムラは砂塵の中に、傷だらけのルートルードの姿を想像してしまう。

自分たちのせいで……。

悲痛な思いに叫びそうになったそのとき、廃れた村に夜風が吹き込んできた。

夜風は砂塵を流し去っていく。

視界が明らかになるにつれ、ホムラの目は見開かれる。

ルートルードが変わらず立っているのだ。

月光を照り返す銀色の甲冑は、傷一つ付いていない。サーコートが破れているだけ。

確実に仕留めたと思っていた剛狼《ごうろう》は、目の前の光景が信じられず、身を硬直させている。

「君たちがくすねているような武具とは質が違うんだよ」

そう言うと、ルートルードは反撃に転じた。

剣槍を振りかぶって地を蹴り、一瞬にして距離を詰める。

目にも留《と》まらぬ速さで振り下ろされた剣槍を、剛狼《ごうろう》はすんでのところで左腕で防いだ。

腕に並び生える棘は砕け、剣槍の刃は肉に食い込んでいく。

「この程度ッ！」

剛狼《ごうろう》は剣槍を払いのけ、すかさず踏み込む。右腕でルートルードのがら空きの胴体に一撃を加えた。

金属が擦れる甲高い音は聞こえたが、ルートルードは一歩ほどの距離を後退させられたにすぎなかった。

剛狼《ごうろう》との距離は離れたが、それこそが剣槍の間合い。

ルートルードは腰の入った逆袈裟斬りで剛狼《ごうろう》の右腕を斬り飛ばした。

そのまま流れるような動作で左腕も斬り飛ばしていく。

守る術を失ったその胴体に、ルートルードは容赦なく剣槍を突き立てた。

「ガァッ！」

まさしく獣のような声を上げ、剛狼《ごうろう》は血を吐き出す。

実力者同士の熾烈《しれつ》な戦いに、ホムラは言葉も出なかった。

剛狼《ごうろう》もかなりの実力者であるのに、圧倒的な実力者の前では手も足も出ない。援護をしようにも、そんな隙はなかった。それどころか、かえって足を引っ張ってしまうのが目に見えていた。

いつの間にか村の中に戻っていたホーレコたちも同様で、遠巻きに眺めるしかないようだった。

「クソッ！　あいつらだけじゃ殺し足りねえのか！」

自分の部下の返り血を浴びたルートルードに吠《ほ》えた。

「彼らのことなら謝るよ。追い返すだけのはずだったけど、無能が足搔《あが》いてる様を見ると昂《たかぶ》ってしまってね」

ルートルードは剛狼《ごうろう》の胸に剣槍を突き立てたまま、その巨軀《きょく》を持ち上げる。剛狼《ごうろう》は短くなった腕をばたつかせた。深々と突き刺さった剣槍を引き抜こうにも、剛狼《ごうろう》の腕はすでに地に転がっている。

「やめろ、やめてくれ！」

その様子は味方が敵を圧倒している姿だが、ホムラは先のやり取りに違和感を覚えた。

「もう逆らわねえ！　信じてくれ！　これまで言うこと聞いてたじゃねえかよ！」

ああ、とホムラは確信した。

「そんな悲しい顔をしないでくれ。僕は笑顔が好きなんだ」

「ほら、どうだ！　これで許してくれ！」

剛狼《ごうろう》は精一杯の笑顔を作るが、口角を無理に吊《つ》り上げたような引きつった笑顔だった。ホムラはその表情と同じものをすでに見ている。

「ああ、愛らしい笑顔だ」

うっとりとした声色から、兜《かぶと》で覆われたその顔が恍惚《こうこつ》に歪んでいることは手に取るように分かった。

「──《噛《か》み殺せ》」

短く呟くと、無数の黒い牙が剛狼《ごうろう》の身体を突き破って現れた。

今の言葉はほかでもない、魔術の詠唱だ。

でたらめに生えたその牙は血を撒《ま》き散らし、血は赤い雨となってルートルードに降り注いでいく。

剛狼《ごうろう》は悲鳴を上げる間もなく絶命し、グロテスクな前衛芸術となり果てた。

「そういえば言ってなかったね、僕の二つ名。『嚙み殺しのルートルード』って言うんだ。物騒な響きであまり好きじゃないんだけどね」

ルートルードは剛狼《ごうろう》の死体を振り払うように捨てると、剛狼《ごうろう》の身体を裂いていた黒い牙は塵となって消えた。

その傷跡にも見覚えがある。

ホムラは震える声で、たどり着いた答えを絞り出した。

「黒幕は……あなただったんですね……」

盗賊がのさばっていた裏には、ルートルードがいたのだ。

「話をしようか」

落ち着き払った声で言い、ルートルードは打ち捨てた盗賊団のボスの死体に腰掛けた。

「ガルドルシアを中心に深く根付いている『持つ者は持たざる者の盾となれ』っていう信条。あれって詭弁《きべん》だとは思わないかい？」

問いかけたものの、そもそも返事を期待していないのか話を続ける。

「みんな、弱者の上に立つのが好きなのを誤魔化《ごまか》しているだけなんだよ。弱者を庇護《ひご》することによって、優越感に浸っているんだ。そして弱者はより弱い者を見つけ、優越感に浸る。秩序を保つために、醜い欲望を美化しているだけなんだ」

個人が強大な力を持つことがあるこの世界では、厳しい倫理観を敷かなくては社会が崩壊する。そのため、強者が弱者を虐げることを許さない倫理観を形成しているのだ。

それをルートルードは詭弁だという。

確かに秩序を守るためだけの詭弁なのかもしれないが、その信条に誇りを持っている者もいる。全員が全員、邪な目で弱者を見ているわけではない。

反論したい気持ちはあったが、歪みきったルートルードの世界観に戸惑い、何も言葉が出なかった。

それを知ってか知らでか、ルートルードは話を続ける。

「そして絶対的にみると、世界のほとんどの人間は弱者だ。弱者たちは自分のみじめな人生を誤魔化すために、笑顔を作って自分が幸せだと無理やり思い込んでいる。その姿が健気《けなげ》でね、僕は好きなんだ。愛らしいとは思わないかい？」

「何を……言ってるの……？」

話が唐突に流れを変えたので、ホムラは思わず疑問をこぼす。

人のことを愛玩動物のように愛《いと》おしんでいることに、言いようのない嫌悪感を抱いた。

「ホムラ、イカれた野郎の話を真に受けんな」

その言葉がそのまま自分に刺さっていると、本来ならばサイコに言ってやるところだったが、今はそんな余裕はなかった。

「はあ……。君たちも真実から目を背けるのか。理解してくれると思ったんだけどな」

残念そうにため息をつき、ルートルードはホーレコたちに指示を出した。

「ホーレコ、ケット、ゲイル。不手際の罰だ。この子達を殺しなさい」

「え……？　あ、はい！」

「勝手に盗賊団の潜伏先を教えたり、ここまで尾行されたりと……。おかげで面倒事が増えたじゃないか。君たちのせいで、この子たちは死なないといけなくなったんだ。これは罰であり、教育だよ。己の至らなさで誰かが死ぬこともある。その犠牲は自分かもしれないし、仲間かもしれない。自分の至らなさを噛み締《し》めながら、後始末をするんだ。ああ、一人は……ホムラちゃんだけは生かしておくように。シグラットを呼んでくる役がいないといけないからね」

なぜ自分なのか。なぜシグラットを呼ぶ必要があるのか。

その疑問を口にする前に、ホーレコたちが立ちふさがった。

「まさかこんなことになるとはな」

ホーレコは斧《おの》と盾を、ケットは杖《つえ》を、ゲイルは「フレイル」と呼ばれる棍棒《こんぼう》の先端に鎖で巨大な鉄球を繋げた武器を構えている。

不意打ちならともかく、真正面から銀盾《ぎんじゅん》隊士の部隊を相手取るのは厳しい。

相手も数的不利を危ぶんでいるのか、動く気配がない。

一触即発の状況で、互いを睨《にら》み合うだけ。

そんな中、先に動いたのはホーレコだった。

「ケット、ゲイル、分かってるな？」

ホムラたちの武器を握る手に力が入る。

「ええ」

「おう！」

呼び掛けに二人は応じる。

何か仕掛けてくるつもりだ。

ホムラは神経を研ぎ澄まし、相手の一挙手一投足を注視する。詠唱が必要な魔術師相手なら勝てる可能性がある。近接戦闘を得意としそうなホーレコ、ゲイルはジンたちが対処してくれると信じ、ホムラはケットの動きを特に警戒した。

「行くぞ、お前ら……」

来る。

次の瞬間には戦闘が始まっている。そう思ったのだが……。

三人はあらぬ方向へ一目散に駆け出した。

「逃げるぞおおおおおおおおおおおおおおおお――――ッ！」

「おおおおおおおおおお！」

「おう！」

なんと、拍子抜けにも逃げ出したのである。

「あいつと戦って生き残った奴《やつ》らに、俺たちが勝てるわけねえだろ！」

捨《す》て台詞《ぜりふ》を吐きながら村を囲う壁を壊し、森の中へと消えていった。

「えー……」

ホムラは啞然《あぜん》とするしかなかった。

階級の差はあれど、盗賊団のボスとの戦闘を生き延びたという事実が、どちらが上かを如実に表していたのだろう。

「やれやれ、いつかは逃げ出すと思っていたけれど、まさか今だとはね」

ルートルードはゆらりと立ち上がる。

その姿は気が緩んでいるように見えるが、近づく気勢すら湧かないほどの死の予感を纏《まと》っていた。

「ルートルードさん、さっきの言葉の意味、聞いていいですか？」

「君のことと、シグラットのことだね？　特にこれといって難しい話じゃないよ。君たちの中で一番の弱者がホムラちゃん、君だってことさ。強くなろうと足掻いてる君の姿が、僕の心を摑《つか》んで離さなかったんだ。やっぱり君も、弱者の上に立ちたいんだよ」

そう決めつけられて、ホムラは頭に血が上った。

お前に何が分かる。

「そんなつもりはありません。強くなりたいのは、人助けをするためです。私は、私が私でいるために人助けをしようとしているんです！」

自分を死に追いやった連中を思い出す。

他人の人生を平気で踏みにじって、ヘラヘラしているような奴等と自分は違う。

低俗な動機には違いないが、他人を貶《おとし》めるためではない。強者になりたいのは人助けのためだって。義務だから弱者を守っているんじゃないって言いながら、あの薄気味悪い信条を誇らしげに掲げて世界を美化する。今すぐ化けの皮を剝《は》がしてあげるよ」

最後の言葉だけ、今までにない強い野心が垣間《かいま》見《み》えた。

「シグラットさんを呼ぶのってもしかして……」

「そうだよ。あいつをおびき寄せて殺すためさ。自分よりも強い者に圧倒されれば、人助けなんて放り投げて命乞いをするはずなんだ。そうしてようやく、あいつが僕と同じ光景を見ていることが証明できるんだ」

「狂ってる……」

そんな身勝手な理由で盗賊団を跋扈《ばっこ》させ、自らも人を殺《あや》めようとしているのだ。

「お前があのチャラ男に勝てるとは思えねえけどな」

サイコが言い放つ。

いくらルートルードが強くとも、シグラットに勝てるはずがない。竜退治のときに見たあの圧倒的な力量は、今しがた目の当たりにしたルートルードの力量とは段違いだ。

「僕もそう思うよ」

痛い所を突かれたはずが、ルートルードの反応は穏やかだった。

「今の僕じゃ、ね」

そう言って取り出したのは、ホーレコが剛狼《ごうろう》に渡した小瓶と同じもの。

「これは人為的な魔物を作るための呪薬《じゆやく》なんだ。僕にこれを渡した女は『魔王《まおう》の呪血《じゆけつ》』と呼んでいたね」

「魔王……！」

ここで初めて魔王の名が出てきた。

自分たちが異世界に招かれた理由であり、倒すべき相手。

「面白みのない名前だけど、だからこそ魔王の再来を喧伝《けんでん》するにはちょうどいいんだろうね」

ルートルードは兜を脱ぎ、小瓶の中の赤い液体を呷《あお》る。

「うん、不味《まず》い」

予想通りといったふうに、感想を述べる。

ルートルードが小瓶を放り投げると、変異はすぐに現れ始めた。

盗賊団のボスとは違い、ルートルードは肉体の変異に苦痛を感じていない。

痛みに慣れているだけなのか、魔王の呪血に適応しているのか。

「どれほどの効果があるのか無能力者で試してみたんだけど、かなり効果があったからね。僕が飲めばシグラットさえ超えられるさ」

唯一晒《さら》している顔に短く毛が生え始め、剛狼《ごうろう》と同じく獣人と呼べる容貌になっていく。

口元が突き出し、口は裂け、耳は尖《とが》り伸びた。盗賊団のボスと同じ狼のような顔立ちではあったが、ルートルードの獣面は整っていると感じられるほど端整な造りをしている。

体格は劇的に大きくなるわけではなかったが、着込んでいる甲冑《かっちゅう》が音を立てて弾けるほどの身の丈になった。筋肉も幾分逞《たくま》しくなった程度で、見た目にはあまり威圧感はない。

最後に頭から、鹿角に似た壮麗な角が生えてくる。角は黒曜石のように真っ黒で、美術品のような趣があった。

魔物に変異したルートルードは、剛狼《ごうろう》のような歪さを感じさせる獣人ではなく、「美しい獣」と形容できる神秘的な佇《たたず》まいだ。

だがその身に秘めているのは病的に歪《ゆが》んだ欲望であり、実態は血腥《ちなまぐさ》く醜い獣《けだもの》だ。

「油断するな。先ほどより遥《はる》かに強いぞ」

体貌からは分からない強さを、ジンは感じ取っていた。

その言葉を受けてさらに気を引き締めるホムラたちをよそに、ルートルードは自らの身体を眺めている。

「おお、いいね。僕、もふもふした動物好きなんだよね」

のんきに喜んでいるが、一瞬たりとも油断が出来ない。

「じゃあ、ちょっと試してみるか」

のんびりした雰囲気のまま、ルートルードは腕を薙《な》ぎ払う。

「何を――」

ホムラがその行動の意味を理解する前に、地震のような振動と衝撃音が五人を襲った。

音は背後から聞こえ、ホムラたちは反射的に振り向いた。

そこには、今まで存在していなかった巨大なものがいくつもそびえ立っている。

地面から見上げんばかりに高く伸びたそれは、ルートルードが剛狼《ごうろう》を殺す際に出現させた黒い牙だった。

その牙は先の戦いで見せたそれとは比較にならないほどの大きさを誇り、家一軒を易々《やすやす》と穿《うが》てる巨大な塔と呼べる規模にまで拡大されている。

「うーん、加減が難しいな」

思い通りにはいかなかったのか、ルートルードは首を傾《かし》げた。

そびえる黒い牙は次第に霧散していき、数秒後には跡形もなくなった。そこには地面を突き破った大穴があるだけ。

「でも、これであいつの善人面を削《そ》ぎ落とせる」

万に一つ、どうにかすれば勝てるのではないかと淡く期待していたが、その希望は色濃い絶望によって塗り潰された。

「今から身体を慣らすからさ、今のうちにシグラットを呼んでくれないかい？　そうだ、シグラットが本気になれるように、村人を嬲《なぶ》っていようかな」

五人は走り始めた。

ガルドルシアに向かってではない。村に戻って村人を逃がすために。

「おいおいおいおい！　ジンさんよォ！　あいつが悪人だって分かんなかったのかよ！」

「すまん、根っからの狂人は見極めるのが難しいのでな」

「今はそんなこと言ってる場合じゃないでしょ！」

心臓が張り裂けても足を動かし続ける勢いで、足場の悪い道を走る。走り始めてから痛み出す脇腹のことなど、今はどうでもよかった。

何度も木の根や草に足を取られそうになるも、気合だけで踏みとどまる。

死に物狂いで走ったからか、思ったより早く村にたどり着いた。呼吸は乱れに乱れ、肺が潰れそうなほど痛んでいる。

村の門をくぐると、家々の窓からは照明の明かりが優しく漏れ出ており、穏やかな日常があった。今すぐ叫んで危険を知らせたかったが、まともに大声を出せないうえに、そもそも村中に声を届けるなど到底無理な話だ。

どうしたらいいか考えあぐねているところに、サイコが迷いなく命令を飛ばす。

「プロト、思いっきり地面を打ち鳴らせ！」

「はいよー！」

意図の説明もない提案をプロトは二つ返事で引き受け、即座に実行した。

振り下ろした戦鎚が地面を大きく揺らし、その振動は村中に波及していく。

「なんだ、地面が揺れたぞ！」

「魔物か？」

驚いた村人たちは、ぞろぞろと玄関から顔を覗《のぞ》かせる。

かなり強引な方法だったが、声を上げるより遥《はる》かに注目を集めることに成功した。

「いいか、よく聞けお前らァ！　この村にやべえ魔物が向かってきてる！　ルートルードもその下っ端もいねえ！　アタシらでも勝てねえ！　死にたくなきゃ、さっさと逃げろ！」

注目が集まったところに、サイコは叫んだ。その声は村中に響き渡ることはないが、波紋のように次々に伝えられることを期待してのことだろう。

守ってくれる者の不在を伝えれば、危機感を持ってくれるはず。

そのはずだったのだが、村人は怪訝《けげん》な顔をするばかりだった。

「ルートルードさんがいないはずないだろ」

「村から出るより家に籠ってた方が安全なんじゃない？」

「やっぱり殲剣隊《せんけんたい》はどうしようもない奴らだな」

殲剣隊《せんけんたい》への不信感もさることながら、ルートルードへの絶大な信頼感が枷《かせ》となり、話をまともに聞いてくれる者はほとんどいなかった。

関心を示した数少ない村人たちも、家の中に戻っていく者たちを見ると、それにならって扉を閉ざした。

「こいつら、守られるばっかりで平和ボケしてやがる……」

強者が弱者を守る義務があるということは、強者がいれば弱者は自身を守る必要がないということだ。

その「強者がいれば」という前提が崩れる経験がないのだろう。自分の立場に甘え、平和な日常という幻想を手放そうとしない。

「どうしたんですか、みなさん！」

「リィラさん」

遅れてやってきたリィラに、事情を説明する。もちろん、ルートルードが魔物になり、村人を殺しに来るとは言わない。パニックになることだけは避けたかったからだ。

「実は手に負えない魔物が現れて……。リィラさんからも避難を呼びかけてもらえませんか？」

「それなら、きっとルートルードさんが――」

「えっと、村の人たちには言ったんですけど、ルートルードさんは今いないというか……」

「そ、そうなんですか！　みんなに急いで伝えないと！」

もう伝えてあることだが、信頼のある人物から伝えられる方が取り合ってもらえるはず。そしてホーレコたちのことを聞かない辺り、彼らの信頼のなさも窺《うかが》えた。

これで少しは避難してくれる人が出てくるだろう。一人でも行動を起こせば、それに続く人が次々に現れる。

ルートルードが到着するまでに、なんとしても避難を完了させたい。

次の手を考えていると、思いもしない人物が背後から声を掛けた。

「僕のこと、呼んだかい？」

心臓を鷲摑《わしづか》みされた心地がした。

「思ったよりすぐに慣れてね」

まだ時間の猶予があるはずと、勝手に思っていた。

身動きすらとれないホムラと違い、ジンとプロト、ツツミは三人がかりでルートルードに飛び掛かった。

一瞬の判断からの襲撃だったのにもかかわらず、その攻撃は突如として地面から現れた黒い牙に阻まれる。廃村で見たそれとは違い、自らの盾になる程度の大きさで、幅広いものだった。

ジンは身を捻《ひね》り、牙を蹴って跳び退《の》く。プロトはとりあえず力任せに殴るも、鈍い音を立てるだけでびくともしなかった。

「届かんか」

「硬ッ！」

盾は攻撃を防ぐと、すぐに霧散した。

「咄嗟《とっさ》にやってみたけど、こういう使い方もできるのか」

今の一瞬の防御を、思いつきでやったと言う。

次からは本腰を入れるだろう。二撃目も防がれるのは目に見えていた。

「リィラさん、下がって！」

ホムラはリィラを背に、ルートルードと対峙《たいじ》した。リィラの盾になるつもりだったが、実力差を考えれば紙切れも同然の薄っぺらい盾だ。

「この声……」

しかしリィラは、突然村の中に魔物が現れたことと、その魔物の声色がルートルードを思い起こさせることに困惑していた。

「やあ、僕だよ、リィラちゃん」

ホムラが間に入り敵意を込めた視線を投げ掛けているというのに、ルートルードはそれを微《み》塵《じん》も意に介さずリィラと会話する。

「なんで私の名前を？　それに、その槍《やり》も……」

「ひどいなあ、僕のことが分からないのかい？　ルートルードだよ。この前も一緒にシチューを食べたじゃないか」

「うそ……、うそですよね？」

「本当だよ。そしてこれから起きることも全部本当だ」

言い終えた途端、周囲の家は巨大な黒い牙で穿たれた。

四方から悲鳴が上がり、半狂乱になった人々が崩れた家から這《は》い出てくる。中には瓦礫《がれき》を漁《あさ》り、家族を助けようとする者もいた。

逃げ出そうとする村人を、今度は細く尖鋭《せんえい》な牙が狙う。その牙はわざと致命傷を外し、苦痛を与えるものだった。

「さあ、みんな！　僕に、『死』に抗ってごらん！　惨めに足を動かして逃げるんだ！」

高らかに叫ぶ。

「これでシグラットを呼ぶ気になったかい？」

地獄絵図を作り出したルートルードは、裂けた口を吊り上げる。

「外道……！」

ホムラは何もできない自分と、悪逆の限りを尽くすルートルードに対してはらわたが煮えくり返った。

「やめてください！　どうしてこんなことするんですか！」

リィラはホムラを押しのけ、ルートルードに縋《すが》りついた。

「離れてリィラさん！」

連れ戻そうと駆け寄った瞬間、ホムラの喉元に牙が突きつけられた。あと半歩でも踏み込んでいれば、喉に穴が空いていた。

「どうして？　どうしても何も、君たちは強者のエゴイズムを満たすために生かされているだけなんだよ。そして君たちは弱者という立場に甘えて、庇護《ひご》を当たり前のように受け入れているじゃないか。それなら、強者のエゴイズムを満たすために踏みにじられても、それを受け入れるべきなのは道理だろう？　それが嫌なら、なぜ強くなろうとしないんだい？」

ルートルードはリィラの首を摑《つか》み、易々とその身体を持ち上げる。

「自分の人生を他人に委ねていながら、嫌なときだけ不満を垂れるのは自分勝手だろう」

「やめ、やめて……」

摑む手から逃れようと足搔《あが》くリィラ。

「リィラちゃん、いつもの笑顔を見せておくれ。僕はあの笑顔が大好きなんだ」

恐怖に涙しながら、リィラは顔を引きつらせる。

「ああ、痺《しび》れるほど愛らしくて、……滾《たぎ》るほど惨めだ」

ルートルードはリィラを粗雑に放り投げた。

涙を散らしながら、リィラは弧を描いて落ちていく。

その先には無数の牙が生えていた。

「リィラさん！」

刺し貫かれて動かなくなったリィラの名を、ホムラは呼び掛ける。

「こんのォ！」

プロトは再び戦鎚を構え、ルートルードに向けて薙《な》ぎ払った。

「だから無駄なんだよ」

予想通り、ルートルードは盾の牙を出現させる。

またもや呆気《あっけ》なく防がれると思っていた攻撃は、誰もが想像していない結果にたどり着いた。

悲鳴飛び交う村に、破壊音が響く。

プロトが振るった戦鎚が、盾を打ち砕いたのだ。

「なっ――――！」

初めてルートルードの顔が驚愕《きょうがく》に歪《ゆが》んだ。

思考に空白が生まれた一瞬の隙を逃さず、ジンは距離を詰め、大上段の構えから一気に刀を振り下ろす。

火花が散り、耳障りな金属音が響き渡った。

「今のはちょっと危なかったね」

ルートルードは紙一重で剣槍で防いでいた。

二人は再び距離を取る。

「君のその音……。普通の身体強化魔術じゃないね？」

ルートルードの指摘通り、プロトの身体からは甲高い駆動音が発せられている。

この音は、通常以上に力を発揮しているときに鳴り始めるらしい。力強くはなるが、その分エネルギー消費が多く、ここぞというときにしか使わないという。

「あいにく僕も無能力者らしいんでね。これは君たち下等生物の手が届かない科学技術の結晶だよ」

「やっぱり君たちは面白いね」

正体は理解できていないだろうが、異端な存在との邂逅《かいこう》にルートルードは楽しげだ。

「プロト、おぬしに合わせる」

「任せて」

そこからはプロトが盾を壊し、ジンが斬りかかるという戦いが続いた。しかし、互いに一度たりとも切っ先が届くことはない。

二人は理解していた。傍《はた》からは互角の戦いに見えるが、ルートルードが手を抜いているのは明白だった。相手は弱者との戯れを楽しんでいるのだ。

ホムラとサイコは、その隙にリィラのもとへ走った。

「大丈夫ですよね、サイコさん！」

「息はある。動けねえのは、どっちかっていうと精神的な問題だろうな」

串刺しになっていたリィラを牙から引き抜き、地面に横たえる。

サイコの言う通り、肉体的なダメージより精神的なそれの方が大きいようだった。涙を絶えず流しながら、うわごとのようにルートルードの名前を呼んでいる。

穴だらけの身体に手を添え、サイコは詠唱を始めた。

「《月女神《つきめがみ》の慈悲よ、手負いし民の身を癒《いや》したまえ》——」

詠唱とともにサイコの手は光りはじめ、その光はリィラの身体全体に広がっていく。

血汚れで傷が治ったかはいまいち分からないが、出血が止まっているので治療は成功しているのだろう。

だというのに、目は虚空を見つめたままだ。介抱をしたい気持ちはあったが、厳しいことに、今はリィラにだけ構っている余裕はなかった。

「アタシは怪我人《けがにん》を治療して回っから、お前はガルドルシアに戻ってチャラ男呼んで来い」

「私だけ戻るなんて——！」

言いたいことは分かっている。戦闘において自分は役立たずで、弱者好きのルートルードにも気に入られるくらいだ。

それでも自分だけこの場を離れるというのは、サイコたちを見捨てるような心地がして嫌なのだ。

分かっている。ルートルードから唯一見逃されている自分が為《な》すべきことだと。

「それに、お前には生き残らなきゃならねえ理由があるだろ」

「私が、生き残らないといけない理由……？」

いつになく真剣な表情で、サイコは見つめ返してくる。

自分だけが持つ、この場から生き残らなければならない理由――。

「まだ罰ゲームやってねえだろうが」

「その話まだ続いてたんですか！」

自分は罰ゲームをやらない限り死んではいけないらしい。

もちろん冗談だと理解している。

「馬には乗れるか？」

「乗ったことないです」

「そうか、なら頑張って乗れ！」

「そんな無茶《むちゃ》な！」

背中を押され、ホムラは走り出した。

ツツミは機会を窺っていた。

ジンのような敏捷《びんしょう》さはなく、プロトのような力強さもない。自分にできることといえば、毒を撒《ま》き散らすことだけだ。

いくら攻撃を防ぐ盾があろうが、毒ガスならば関係がない。できるだけ近づき、できるだけ毒ガスを吸わせる必要がある。ルートルードはジンとプロトを軽くあしらい続けている。

気が逸《そ》れているうちにツツミは暗闇に身を潜め、翼を開いた。これでいつでも毒ガスを撒ける。

それだけでは決定打にならないことを、ツツミは知っている。剛狼《ごうろう》の場合を思い出す。毒の効果が薄い相手への一手を用意しなければならない。

ツツミは握った短剣を、躊躇《ためら》いなく自身の胸に突き立てた。

引き抜くと、血と混ざったドス黒い液体が刀身に絡みついている。器官で生成された毒を、刀身に直接這《は》わせたのだ。

チャンスは一回だけ。

何度もジンとプロトが攻勢をかける中、とりわけ踏み込んだ一撃が入った瞬間を狙う。

ジンの動きに意識を向けていると、直感的にそのときが来たと理解した。

一度だけ、踏み込んだジンの間合いの詰め方が違ったのだ。一歩分の距離だけ、それまでより速く迫った。

より深く懐に潜っての一撃は辛くも剣槍に防がれてしまったが、ルートルードの意表を突いたのは間違いない。

「おっと、今のはいい一撃――」

今だ。

音もなくツツミは飛び掛かった。毒ガスを撒きながら、その首筋を狙って短剣を振り下ろす。

「――だね」

だがその一撃は届かなかった。

ルートルードはジンの攻撃を褒めながら、背後のツツミに向けて幾本もの牙を出現させたのだ。

「うぐッ」

痛みには鈍感だが、異物が身体に侵入する感覚は依然として不快に感じる。

串刺しになりながらも、ツツミは毒ガスを噴射した。

「驚いたよ、魔族まで仲間だったなんてね」

ルートルードは振り向きざまにツツミに剣槍を突き立てる。

「流石《さすが》に毒は厄介だから、離れてもらうよ」

そう言って、ツツミが突き刺さったままの剣槍を投げた。

高速で飛ぶ剣槍は、遥《はる》か向こうの教会の壁に深々と刺さり、ツツミを縫い付ける。

「よくもツツミをッ！」

プロトは渾身《こんしん》の力で戦鎚を振るう。

その一振りは盾を壊すためでなく、ルートルードを一撃で叩《たた》き潰すためのものだった。これまで以上に力を込め、一撃必殺を狙う。

しかし――。

「無駄だよ」

またしても盾の牙が地面から生える。その盾はさらに分厚く、硬い。

鈍く激しい音が響き、振られた戦鎚は反動で弾《はじ》き飛ばされた。

「壊れ……ない……」

「おや、まだ本気じゃないんだけどね」

絶望を嘲笑《あざわら》う。

同時に、無音で飛び掛かってきたジンの一太刀を腕で受けた。

黒塗りの刀身はルートルードの腕を斬り落とすどころか、傷さえつけられない。

「なっ――！」

「ホムラちゃんも行ったみたいだし、そろそろおしまいにしようか」

ルートルードは二人に笑顔を向けた。

ホムラは厩舎《きゅうしゃ》へ走った。

馬は門近くの厩舎で飼われており、ホムラたちが乗ってきた馬車馬もそこにいる。

走っていると、そこかしこで苦悶《くもん》する負傷者の姿を横目にしなければならなかった。

罪悪感と情けなさで、胸が張り裂けそうだ。

後ろ髪を引かれる気持ちで走り、やっとのことで厩舎にたどり着いたホムラは、目の前の光景に崩れるように膝をついてしまった。

村で起きている騒動のせいで、馬たちが恐慌状態に陥っているのだ。

「お、お願いだから落ち着いて！」

気合で足に力を入れ立ち上がったホムラは、馬車馬に駆け寄る。

馬の落ち着かせ方など知らない。そもそも落ち着かせたところで乗り方も分からない。自分の足でガルドルシアに向かったならば、それこそサイコたちや村人たちの命はないと考えていい。

それでも必死に馬をなだめていると、悲鳴に混じっていた戦闘音が聞こえなくなっていることに気づいた。おそるおそる振り向いてみる。

するとそこには、地に伏したジンとプロトの姿があった。

「うそ……」

それだけではない、各所を回って治療に当たっていたサイコの背後に、ルートルードの姿があったのだ。ホムラは無意識に駆け出していた。

苦しむ村人たちを見ても心が痛むだけであったのに、仲間が倒れている姿を見ると得体のしれない感情が溢《あふ》れ出し、身体が突き動かされた。

「サイコさん！　後ろ！」

必死の呼び掛けも空《むな》しく、度重なる治癒魔術の行使で精神が疲弊していたサイコはなんの抵抗もなく捕まった。

まるで子猫を捕まえるように軽々と、サイコの身体を両の手で持ち上げている。

「ああ、クソ。もう頭回ってねえわ」

サイコは足掻《あが》く気力もなく、自分の死すら諦めて受け入れている。

「ホムラちゃん、もう一度チャンスをあげるよ。シグラットを早く呼んでくれないかな」

サイコを掴む手に、ギリギリと力が入っていく。

「その手を離してください！」

一度は覚悟を決めて敵に立ち向かったというのに、結局杖《つえ》を持つ手は震えていた。

「正直言うとね、ホムラちゃん以外はどうでもいいんだ。ホムラちゃんがどうしようと殺すか嬲《なぶ》るだけなんだよ」

聞き分けの悪い子供に言い聞かせるように言う。

「ほら、こういうふうにね」

ルートルードは手にぐっと力を入れた。

「がッ……」

何かが折れる嫌な音が聞こえ、サイコは血を吐いた。

「死にたくはないだろう？　それなら足掻いてごらん。足掻いて足掻いて足掻いて、無様を晒すことでしか、君たち弱者は生きていけないんだからさ」

ルートルードはサイコが足掻く様を妄想したのか、ニタニタと吊《つ》り上げた口の端からよだれを垂らす。

だが、そう言われて足掻いてみせるほど、サイコは従順ではなかった。

サイコは、勝手に悦に入るルートルードの顔に、血混じりの唾を吐きかけたのだ。

「返事、届いたか？」

にやりと笑ってみせる。

「……うん、届いたよ」

ルートルードはサイコを掴む手に一層の力を込め、その腕と胸を砕いた。

「サイコさん！」

ぐったりとしたサイコを、ルートルードはゴミのように投げ捨てた。

そのとき一瞬だけ、弱々しくも人を馬鹿にしたような顔のサイコと目が合う。こんな状況でさえ、自分を貫いているのだ。サイコがボロ雑巾のように地面に転がる。

まただ。自分が役立たずだったから。自分には誰かを救う力がないから。

目の前で次々に大切な仲間が嬲られていく。

いつもそうだ。自分の前にはいつも『理不尽』がいて、自分勝手に欲を満たしていく。

死んでも『理不尽』に振り回され、弄ばれる人生なのか。

「ほら、ホムラちゃん、君だけは逃げていいよ」

その言葉を聞いて、ホムラの頭の中でぶつりと何かが切れた。

「クソくらえだ……」

一度目は自分の命が奪われた。二度目は大切な仲間の命が奪われた。

いつも一歩踏み出せず、気づいたときには手遅れだ。

抗《あらが》わなければ、何も変わらない。

「クソくらえだ……！」

嫌だ。

嫌だ。

奪われ続ける人生なんて、もう嫌だ！

「『理不尽』に屈するなんてクソくらえだ！　屈して逃げるくらいなら……、燃やしてやる！」

ホムラはありったけの炎を杖に吹き込んだ。

杖の先端が明るく灯《とも》ったその瞬間、大爆発の如き業焔《ごうえん》がルートルードを襲った。

「なんだこの威力はァッ！」

惜しくも炎に呑《の》まれる一瞬前に、ルートルードは危機を察知して盾の牙を幾重にも生成していた。その規模はもはや壁といっていい。

それでも圧倒的熱量は、ルートルードの身体を焦がしていく。

「お前みたいな奴《やつ》がいるからッ！　世界は救われないんだッ！」

加護のおかげで炎熱に耐性があるとはいえ、それにも限度がある。ホムラの腕はその限度をすでに超えており、じわじわと焼け爛《ただ》れていった。

一枚、また一枚と盾の牙にひびが入り、割れていく。

このまま焼き続ければ殺せる。そう確信するほど、ルートルードは防戦一方だった。

真剣な命の取り合いだというのに、自然と口角が上がる。

爛れる腕が痛もうが、ホムラはさらに火勢を強めた。

だが眼前の景色が焦土と化そうとしたそのとき、唐突に炎は止《や》んだ。

「……え？」

ホムラは啞然《あぜん》とし、視線を下ろす。

そこには、杖すら握れないほどの大火傷《おおやけど》を負った腕が垂れ下がっていた。

「そんな！」

「今のは本当に危なかったな……」

辛うじて残った一枚の牙の裏から、焼け焦げたルートルードが平然と出てきた。

自分の腕は使い物にならなくなったうえに、ルートルードは見た目以上に負傷していない。

おそらく、表皮だけしか焼けていない。

言葉とは裏腹に、声色からはまだ余裕があることが窺《うかが》えた。

「少しは勝てると思っただろう？　どうだい？　強者の気分は。快感を覚えなかったといえば、嘘《うそ》になるんじゃないかな？」

言いながら、ルートルードの身体はみるみるうちに治癒していく。

黒い牙の能力の強化だけではなかった。今のルートルードは治癒能力も長《た》けているのだ。

もう打つ手がない。杖がなければ、身体が燃えたとしても自分が火だるまになるだけだ。

「でも、ここまでとは思わなかったよ。今まで強いことを隠していたんだね。……そうか、そうやって弱い仲間たちが足掻くのを眺めて、楽しんでいたんだね」

「違う！」

腕に走る激痛で、身じろぎすらできない。

「でも、強いことが分かったから、君にはもう興味がなくなっちゃったな」

ルートルードは屈強な手でホムラの首を摑《つか》んだ。

「うぐッ！」

今度はもう見逃してくれそうにない。

首が絞まっていき、意識が遠のいていく。

結局こうなるのか。もうどうでもいいや。

薄れゆく視界には、愉悦に満ちたルートルードの笑顔が映っている。その笑顔が、死の直前に見た光景と重なった。

それをきっかけとして、ホムラは走馬灯のように忌まわしき記憶を思い出していく。

ホムラは幼少期から忌み嫌われていた。


ある日、目に火が着くという超常現象が起きた。

小学校に上がってすぐの頃、母と大喧嘩《おおげんか》をした。今となっては、喧嘩の理由は思い出せない。お互いに不機嫌になって怒鳴り合っていたそのとき、突然視界の右側がやけに明るくなった。明るいだけでなく、熱いと気づいたのはすぐ後で、燃えていると分かったのはもっと後だ。

「熱い！　熱いよ！」

泣き叫ぶホムラを見て母は心配していたが、すぐに化け物を見るような目つきになった。

その炎はなかなか消えず、右目周辺を焼き、右目の視力の低下も招いた。

同級生に容姿をからかわれることはあったが、右目から火が出たという噂《うわさ》がついて回り始めたのは、おそらく母の口からどこかへ漏れたからだろう。

それからはからかわれることは減っていったが、代わりに周囲の人間がよそよそしくなっていった。友達だった子も、いつしか挨拶をするだけの仲に落ちた。今にして思うと、保護者が関わらないように言って聞かせていたのだと思う。近づいたら焼き殺されるぞ、と。

「私は化け物なんかじゃない！」

そう言っても、誰も聞いてくれなかった。

ホムラは心を殺した。陰口を叩《たた》く相手であっても表面的に明るく、そして礼儀正しく振る舞い、積極的に人助けをしようともした。「化け物」というレッテルを剥《は》がそうとしたのだ。

自分自身「化け物」であると思いたくなくて、他人に敵意を持たないようにも努めた。

その代わりに持ち始めたのが、巨大な自己嫌悪だったのだと思う。

「私がこんな身体だから……。私が良い子じゃないから……」

自分が悪いから、相手に敵意を持つことは道理に合わない、と。


そんな生活をずっと続け、高校二年生の時に事件は起きた。

空き家から火の手が上がったのだ。

深夜ということもあって通報が遅れ、周囲の家屋数棟を巻き込む火事となった。煙を吸ったことによる軽傷者が二名。それ以外は無事だった。

火事の規模の大きさの割に人的被害が少なかったことに世間は安堵《あんど》していたが、私だけは生きた心地がしなかった。

高校生にもなると、表立って避けられることは少なくなってきた。その代わり、相手はさらに表面的な付き合いしかしようとしなくなった。

上っ面だけの人間関係の中で、珍しく私のことをあけすけに口撃してくる子がいた。

「わたしに近づかないでよね、まだ死にたくないの」

そう面と向かって言ってきたのを、今でも覚えている。

その子こそが、火事の被害者のうちの一人だったのだ。

「どうしよう……、絶対に疑われる……」

案の定、いじめに耐えかねて殺そうとした、という噂は瞬く間に広がった。

いじめに耐えかねてなどと言われていたが、実際のところ、その子からは面と向かって悪口を言われる分、見えない部分に気を回さなくて気が楽だった。

もちろん、クラスメイトがそんなホムラの心を知る由もない。

「身体から火が出るって噂、やっぱり本当だったんだね」

「態度が気に入らないからって殺そうとしたらしいよ」

「『火が出るなんて嘘』って騙《だま》してたのか」

「あんな奴、見るからに異常者だろ。俺は分かってた」

火事と発火能力者。いじめっ子といじめられっ子。繫《つな》がっていない事実と事実を妄想で結び付け、「納得できる」という理由で真実にたどり着いた気になっている。

気づけば、噂はもはや事実として扱われはじめた。

今まで表面的には仲良くしてくれていた知人が、次々と豹変《ひょうへん》していく。

この攻撃には正当性があると、ホムラを公然となじった。

人間という生き物はどれだけ表面を取り繕っても、中身は醜悪な獣なのだと改めて実感した。

火事の真相が判明すれば、みんな分かってくれる。そう期待しながら、捜査が進むまで学校には行かなくなった。元より冷たい両親が、さらに冷たく接してくるのを我慢するのは、学校に行くよりは幾分かましだった。

結局、犯人は近所の不良中学生カップルということが判明した。空き家に忍び込み、タバコを吸うなりなんなりしていたそうだ。そのタバコの不始末が、大火事に発展したのだという。

私は学校に向かった。こちらも向こうも、ずっと表面的な付き合いをしてきたのだ。謝られて、それを許して、多少の気まずさが残ったままいつも通りの薄っぺらい学校生活に戻ると思っていた。だが教室に入ると、信じられない光景が広がっていた。

みんな、にこやかに笑っているのだ。

口々に発せられる薄っぺらい謝罪と同情の言葉。これは想定内だった。

想定外だったのは、こちらが許しの言葉を掛けるより前に、勝手に許されたつもりになっていることだ。

「ひどいこと言っちゃったね、ごめん」

「こっちもちょっと神経質になっててさ」

「やっぱりあんな噂おかしいと思ってたんだよ」

それらすべてを、へらへらとした笑顔を張り付けて言っているのだ。

確証もなく人のことを犯罪者、異常者、化け物だと侮蔑してきたことを、誰も許していないというのに。自らの過ちから目を逸《そ》らすために笑い、薄っぺらい言葉で取り繕う。

そうして自分自身すら騙し、自分は悪ではない、自分は正義だと思い込む。

それはまさしく『理不尽』だった。

想像を絶する醜悪さを目の当たりにしたホムラは、吐き気を催しトイレに駆け込んだ。

便器に胃の中身をぶち撒《ま》ける。身体の震えが止まらない。怖い。

自分が正義だと思い込めば、他人を平気で踏みにじれる。自分が正義ではいられなくなると、
薄っぺらい善人面を被ってやりすごす。

浅ましく残酷な生き物に囲まれているという事実が、ホムラの精神を抉《えぐ》った。

ここから逃げよう。そう思ったときには、ホムラはトイレの窓枠に手をかけていた。


校舎が逆さまに落ちていく。


死の直前という、何を考えても許され、何を考えても無駄な時間。

そのときになってようやく、ホムラは自分の本心に気づいたのだ。

「あのクズどもを焼き殺したい」

そうだ、とホムラは思い出した。

なぜ自分が発火能力で人助けをしたいと思ったのか。なぜ盗賊とはいえ人を焼き殺したのに罪悪感が薄かったのか。

クズを焼き殺したかったからだ。

自分は自分を貶《おとし》めたクズとは違うと思いたくて、人助けをしようとしたのではない。

心の底では、ずっとクズを焼き殺したいと思っていたのだ。

心の底では、ずっと『理不尽』を焼き尽くそうと思っていたのだ。

自分の本当の欲望に気づいたそのとき、ホムラは何か大きな存在と繋《つな》がるような、得体の知れない感覚に襲われた。それは初めて発火した時と同じ感覚。

「そうだった……」

意識がはっきりしてくる。

炎を出していないというのに、周囲の空気は熱を持ち始めた。

「お前みたいなクズを焼き殺したいんだった……」

高熱の空気は舞い上がり、前髪で隠されていたホムラの右目を明らかにする。

「その眼……、魔眼か！」

髪で秘されていた右目が煌々《こうこう》と光を放つ。まるで瞳に炎を宿しているようだった。

「お前みたいな『理不尽』を焼き尽くしたいんだった……」

周囲がにわかに明るくなる。

「いや、なんだその姿は！」

驚愕《きょうがく》するルートルードの視線の先、ホムラの背後には、陽光を束ねたような光輪が赫々《かくかく》と輝いていた。

火傷《やけど》で動かなくなっていた腕は赤熱し、無意識にルートルードの腕を掴む。

目の前の存在に畏怖の念すら抱くルートルードを、ホムラは真っ向から睨《にら》みつけた。

「燃えろぉおおおおおおおおおおおおッ！」

明確な殺意を持って叫ぶ。

手の平から噴き出した炎がルートルードの身を包み、周囲の空間すら焼いていく。

「はは、結局この程度か！」

ルートルードの身は焼け焦げた端から治癒していき、ホムラの手に直接焼かれている腕でさえ、肌を軽く焼く程度だった。ルートルードの凄《すさ》まじい再生能力は、ホムラの火力を圧倒しているのだ。

それでもホムラは炎を止めない。

噴き出す炎の勢いが次第に増していき、ついには炎の奔流となる。

「どれだけ足掻《あが》こうと――いや待て、なんだこの火力は――ッ！」

ルートルードの顔から余裕の色が消えた。

今まで苦もなく治癒できていた火傷が、じわじわと身を蝕《むしば》んでいるのだ。

ホムラの炎は表皮だけでなく、着実に身の奥まで焼き焦がしていく。

圧倒的な再生能力をもってしても抗《あらが》うことができず、ついに火炎はルートルードの腕を焼き切った。

「グアアアアアアアアッ！」

手が本体と切り離され、ホムラは解放される。

ホムラの火力を恐れたルートルードは、ほとんど無意識に跳び退《の》いた。

「ぐうッ……。だが腕くらい、すぐに生やせ――」

ルートルードは言葉を失う。

「どうなっているんだ！　なぜ治癒できないんだ！」

焼き切れた腕の断面は未《いま》だ燃え上がり、治癒魔術が発動しない。

「クソッ！　呪術の一種か？」

「焼き切っただけですよ」

「そんなわけがないだろう！　大体、何なんだその姿は！　君も『魔王の呪血』を飲んだのか！」

「そういう下らないもの、興味ないですね」

狼狽《うろた》えるルートルードを追い詰めるように、ホムラは淡々と否定していく。その目には冷徹と嗜虐《しぎやく》が入り混じり、口は愉悦に歪《ゆが》んでいた。

ルートルードの腕を焼く炎は徐々にその身を蝕んでいき、腕は着々と炭となって崩れていく。

「僕がこんなところで死ぬはずがない！　死んでいいはずがない！　僕がこの薄汚い幻想の化けの皮を剝がさないといけないんだ！　僕が幻想に酔いしれる嘘《うそ》つきどもを……！」

「そうですか、死んでください」

ホムラの右目がいっそう強く輝くと、ルートルードは爆炎に呑《の》まれた。

「うあああああああああッ！」

尋常ならざる熱さに、ルートルードは膝から崩れ落ちた。

「クソッ！　なぜ牙が出ない！」

ルートルードは残された腕を無様に振り回し、必死に牙を出そうとする。だが、意のままに操っていた牙は出ない。治癒能力だけでなく、牙の能力すら不発に終わったのだ。

焦土のただ中で、ホムラは目の前の『理不尽』を徹底的に焼き消さんと力を振りかざす。

盗賊を利用し、自身もまた村人に手をかける。その身勝手な蹂躙《じゅうりん》を、自分が蹂躙しなければならない。

「やめろ！　やめてくれ、お願いだ！」

炎に包まれながら、ルートルードは引きつった笑顔を作って見せる。

焼け爛《ただ》れた喉を必死に震わせ、自身が散々蔑《ないがし》ろにしてきた命乞いをした。

「あははッ！　どうですかァ！　弱者の気持ちはァッ！」

嘲笑《あざわら》い、目を赫灼《かくしゃく》と燃え輝かせる。

その瞬間、火炎は爆発的に膨れ上がり、夜空を昼間のように照らさんばかりの長大な火柱へと変貌した。

「嫌だ！　死にたくな――」

ルートルードは凄まじい焔炎《ほむら》の奔流によって瞬時に焼き尽くされ、断末魔の悲鳴すら上げられずに焼き消えた。

立ち上る烈火は辺り一帯を朱色に染め上げ、轟々《ごうごう》と響く音は森を揺らす。

火柱は次第に細くなっていき、最後はぶつりと途切れるように消えた。

夜空に黒が戻る。

森に静寂が戻る。

時間にして数秒の出来事だったが、目撃した村人の目に焼き付き、一生忘れえない光景となった。

火柱が消え去った後には何一つ残らず、灰はもう風に運ばれてどこかへ消えた。

それがルートルードの最期だった。

戦いが終わった。

『理不尽』は消え去り、脅威はもうどこにもない。

死に物狂いで摑《つか》み取った勝利であり、偽善であろうが人助けを成し遂げたのだ。

ところが、あれだけ『理不尽』を焼いてやろうと思っていたホムラの心の中に達成感はなく、「燃やした」という高揚感しか残っていなかった。

地に足をついたホムラは、息を整えるために深呼吸をする。

焼けた空気を肺いっぱいに満たし、ゆっくりと吐き出した。

併せて人の焼けた匂いを堪能し、未《いま》だに揺らぐ残り火の明るさに心を深く、深く溺れさせていく。

そうしようと思ったわけではない。ホムラは自然と、自ら魅入られるように炎に身を投じた。

「あはっ！」

炎に囲まれ、ホムラは笑った。

「げほっげほっ！」

サイコは気道に入り込んだ血を吐き出した。

「あー、治癒できるだけの気力がギリ残ってて良かったわー」

ルートルードに胸を潰されたサイコは、治癒魔術を自身に掛け、ギリギリのところで生き残っていた。

あまりの疲労と痛みで気を失っていたが、戦いが終わった後に意識を取り戻したのである。

「腕と……まだあばらも折れてんな……。いってえ……」

傷は完全には治っておらず、視界は少しぼやけている。そのぼやけた視界の中に、ホムラが立っていた。

薄れゆく意識の中で覚えているのは、ホムラがルートルードに立ち向かっていく姿。それを思い出し、サイコはルートルードの姿を探した。

どこにもいない。

「まさか……」

まさかとは思うが、ホムラがルートルードに打ち勝ったとしか考えられなかった。

その証拠として、ホムラが焼け野原の中で嬉《うれ》しそうに笑っている。

「あはっ！　あははっ！」

サイコはゆらりと立ち上がる。

未だに激しく痛む胸で呼吸をし、それでもホムラのもとへ駆け寄ろうとした。

たまには褒めてやろう。

「でかした、ホムラ！」

口から血を垂れ流しながら、サイコはよたよたと歩く。

それに応えたのか、ホムラは踊るようにくるくると回り始めた。

「あいつどんだけテンション上がってんだよ……」

ぼやきつつも、微笑《ほほえ》ましく眺める。

これが自分たちの初勝利だ。魔王討伐にはまだ遠いが、確実に一歩前に進めた。ホムラもその嬉しさにはしゃいでいるのだろう。そう思っていたのだが……。

「ん？　なんか様子おかしくねえか？　見た目も……なんだあれ？」

熱に浮かされたような足取り。その足元からは火が噴き出している。

背負う光輪も放射状に光が伸び、変化していた。

「あはーッ！　あっははッ！　最ッ高ー！　焼けた空気ってこんなに美味《おい》しかったんだ！」

ホムラが楽しげに笑うと、近くにあった家屋の残骸が爆炎に包まれた。

その目は虚《うつ》ろで、忘我の境地に至っている。

「おいおいおいおい！　火ぃ見てトランス状態になってんじゃねえか！」

火を見続けると、人は「トランス状態」という意識状態に入ることがある。潜在意識が表層に現れたり、恍惚《こうこつ》に浸った状態になったりするという。

ホムラは重要なことを思い出していなかった。

目から火が出てからは抑圧されていたが、そもそも攻撃的な性格で、火に執着していたということを。

『理不尽』を焼きたいというのは、悪が相手ならば気持ちよく焼けるからだった。

「じゃあ、この焼け野原……！」

ルートルードを焼いたときの残り火だとサイコが思っていた燎原《りょうげん》は、今まさにホムラが生み出したものだったのだ。

「おい、誰かあの馬鹿止めろ！」

叫ぶが、村人たちは恐れ、遠巻きに見ている。

サイコは素早く見渡し、ジンとプロトを見つけた。

プロトの方は動かないが、ジンは頭だけ持ち上げており、そしてそれを横に振った。どうやら動けないらしい。

ツツミの姿は見えなかった。

「クッソ！　アタシがやるしかねえのかよ！」

控えめに見ても重傷の身体を無理やり動かし、サイコは走った。

一発殴ろうにも、右腕は折れている。武器は手元にない。

いや、武器はひとつだけあった。

刻一刻と広がっている焼け野原の中心に向けて全力疾走する。

足が焼け、喉が爛《ただ》れる。

それでもサイコはホムラのもとに駆け付け、折れていない左腕で胸倉を摑《つか》んだ。

「くらえ！　ジーニアス！　ヘッド！　スマアアアアアア――――ッシュ！」

サイコは思いっきり頭を振りかぶり、ホムラのおでこに頭突きを食らわせた。

エピローグ　『焦土にて』

The Devil's Castle,
Burning By my flame the world bows down

「んん……あれ？　サイコさん？」

ホムラが目を覚ますと、何故《なぜ》か眼前にサイコの顔があった。

「やっと目が覚めたか、この放火魔」

「放火魔……？」

サイコが動くのに連動して、後頭部に衝撃が走った。

どうやら膝枕されていたようだ。

ホムラは起き上がる。

後頭部だけでなく、おでこも痛い。

「お前、ルートルード殺した後、火ぃ見てハイになって村焼いてたんだぞ」

「ええッ！」

ホムラは辺りを見渡す。

未《いま》だ燻《くすぶ》る焦土。瓦礫《がれき》や地面は黒く煤《すす》けており、夜とは思えないほど暖かい。

炎を操れるのは、この場には自分しかいない。必然、この惨状は自分が生み出したことになる。

ホムラは青ざめた。無意識のうちに、罪のない人を傷つけてしまったかもしれない。

その心中を察したのか、サイコは事実を告げる。

「安心しろ、それで怪我《けが》した奴《やつ》はいねえよ」

「良かった……」

ほっと胸をなでおろす。

「まあ、なんだ……、お前はよくやったよ」

ふいに、頭をくしゃくしゃと撫《な》でられた。

素直に褒められたことが気恥ずかしく、ホムラは黙ってしまう。

自分の選択が多くを救った。その感謝が、サイコの手から伝わってきた。

「ああ、そうそう。お前、光の輪っか背負ってたが、あれ何だ？」

「え、何の話ですか……？」

「いや、やっぱいいわ。そもそも超能力って何なんだって話だしな」

何の話だろうか。そういえば、ルートルードを倒した記憶もいまいち残っていない。

村は散らばった鉱石灯と月明かり、そして残り火によって明るく照らされている。

被害は相当なもののようで、死者も少なくないようだ。

守ろうとして、守れなかった者がいる。そう心が痛むということは、やはり自分は『理不尽』を燃やしたいだけではないのだ。人助けがしたいという心も、確かにある。

だが、どちらの気持ちを優先したいかと問われれば、自分の本心に気づいた今は前者を選ぶ。

「ようやく目が覚めたか、ホムラ」

「こっちは後片付けで走り回ってたのに、良いご身分だね」

「お腹《なか》、空いた……」

「みんな、無事だったんですね！」

破壊された家屋の片付けが一段落したらしく、ジンとプロト、ツツミの三人も集まってきた。

「四肢が穴だらけになっておったがな」

「僕は衝撃で一時機能停止してた」

「アタシはマジで死にかけてた」

「教会に……刺さってた……」

「教会に刺さってたッ？」

ツツミの状況はいまいち分からなかったが、無事だったので良しとしたい。

ホムラはさりげなくツツミのそばに座り、よしよしした。ちらりとジンの方を見ると、呆《あき》れた顔を一瞬作っただけだった。よし、許された。

「リィラも意識は戻ってるぞ。まあ、事実を受け入れるのは難しそうだったがな。今は怪我《けが》人の治療に回ってる」

見渡すと、リィラを含む数人の神官が治癒を施し回っている。

「そうですか……」

ルートルードが残したのは、物理的な被害だけではない。

心に深く傷を負った者もいるのだ。

身勝手な理由で他人を踏みにじり、欲を満たす。

それを許してはいけない。

「決めました」

ホムラは立ち上がり、宣言する。

「私、『理不尽』を焼き尽くします。やっと本心に気づきました。私がやりたかったのは人助けなんかじゃなくて、悪を燃やすことです。人助けなんか二の次で、純粋に自分のために『理不尽』を燃やして、私は私のために世界を平和にしてみせます！」

「言うようになったじゃねえか」

自分の浅ましい本心を晒《さら》しても、仲間は受け入れてくれる。

ここが、自分の居場所なのだ。

自然と笑みがこぼれる。

「よーし！　じゃあ、どんどん任務をこなして、どんどん悪党を燃やしましょう！　みなさんも、どんどん私を頼っていいですからね！　なんたって、私はみなさんより強いですから！」

それはそうと、ホムラは調子に乗る。

夢うつつの状態とはいえ、あのルートルードを倒したのだから。

「んなら火ぃ見ても正気保てるように精神修行しろ！　それまで戦闘に参加するな、ボケ！」

「ですよねーッ！」

ホムラは尻を叩《たた》かれた。

「それならサイコさんも人体改造とか止めてくださいよね！　あんなの見られたら、絶対魔王側の人間だと思われちゃうじゃないですか！」

「うるせえ！　無差別に焼こうとするお前よりはマシじゃ！」

「次から気を付けるから大丈夫ですぅ！」

「こっちだって人前でやらんわ！」

「どうだか」

「やんのか？」

一瞬の沈黙の後、唐突に取っ組み合いが始まった。

お互いボロボロだというのに力を振り絞り、お互いを屈服させようとする。

火傷《やけど》が癒えきっていない腕と、骨が完全にくっついていない腕で容赦なく摑《つか》み合う。

「ほんと、アホみたいに仲が良いね」

「阿呆《あほう》同士、気が合うのだろうな」

「楽しそう……」

自然と笑みがこぼれた。

こんな風に、思ったことを思いっきりぶつけられる仲間がいる。

それだけで、かけがえのないものを手に入れた気がした。

ろくでもない面々とともに、ろくでもない世界を旅する。ろくでもない出来事しか起きていないが、ホムラは心を躍らせていた。

今なら間違いなくこう言える。

この旅は楽しい。

あとがき

はじめまして、すめらぎひよこです。

まずは本作を手に取ってくださった皆さまに感謝を。ありがとうございます。

ここでこうして皆さまに感謝できるのも、多くの方々の支えや協力があってこそなので、来歴を語りつつ、感謝を述べていきたいと思います。本編と違って真面目でごめんなさいね。

まず僕は、貴志祐介《きしゆうすけ》先生の作品と出会い、作家になろうと決意しました。そのときから、読む側から書く側へと転身しました。実際には書く側に回ろうと思ってから、書き始めるまでが長かったんですけどね……。

読む側であったときは、その作品の作者にしか意識は向いていませんでした。ラノベなら、イラストレーターもですね。ですが、いざ自分が書く側に回り、「カクヨム」という小説投稿サイトに投稿し始めると、小説を書き続けるには支えてくれる人たちの存在が大きいのだと実感しました。

読者の皆さまが楽しんでくださるとやる気が上がりますし、創作仲間と語らうことで物語に対する色んな視点を得られました。単純に、仲間がいる、ということで救われた部分もあります。

そうして書き続けられたからこそ、第27回スニーカー大賞という大舞台で本作が《大賞》を受賞し、書籍化させていただくことになりました。

本作を《大賞》に選んでくださったスニーカー文庫編集部の皆さま、長谷敏司《はせさとし》先生、春日部《かすかべ》タケル先生、僕の可能性を信じてくださり、本当にありがとうございます。

ここで単なる「書く側」だった僕が、「商業という舞台で書く側」になりました。そこからさらに様々なプロフェッショナルと関わることになり、一つの作品を世に出すことに、これだけ多くの方々が関わっているのかと驚愕《きょうがく》することになります。

失礼であることを承知で、ざっと紹介します（あとがきに余裕がないんです！）。

担当編集者の宮川夏樹《みやかわなつき》さん。イラストレーターの Mika Pikazo《ミカピカゾ》 先生、mocha《モカ》 先生。デザイナーの草野剛《くさのつよし》さん。コミカライズ担当のこゆき先生。推薦コメントを寄稿してくださった暁《あかつき》なつめ先生。PVを制作してくださった北村健《きたむらけん》さん、PVのナレーションを担当してくださった平野綾《ひらのあや》さん。応援イラストを描いてくださった三嶋《みしま》くろね先生、憂姫《ゆうき》はぐれ先生。3Dモデルを制作してくださった組長《くみちょう》先生。ボイスドラマでホムラたちを担当してくださった声優の遠野《とおの》ひかるさん、ファイルーズあいさん、愛美《あいみ》さん、東山奈央《とうやまなお》さん、内田真礼《うちだまあや》さん、盗賊役の坂田将吾《さかたしょうご》さん、今井文也《いまいふみや》さん。その他にも、校正さんや音響さん、書店関係者さんや広告関係者さん、コラボ関係者さん。さらにそれ以外にも大勢の方々が僕の作品に関わってくださっています。本当に、本当にありがとうございます。

作品に関わってくださった皆さまと、読者の皆さまの期待に応え続けるために、誠心誠意、精進していく所存であります。

なんか、かなーり堅苦しいあとがきになったな……。


というわけで、ここからはホムセカの内容のお話です。ネタバレ注意だよ！

この物語は、とてつもなくクセの強い女の子たちが世界を救う物語ですが、誰も世界のために戦ってはいません。はなから世界平和はどうでもよかったり、別目的のついでに成し遂げようとしていたり、自分のためだったりです。

つまり、ホムラたちは悪の敵であって、正義の味方ではないんですね。みんなワガママなだけなんです。それでいて、外側からは正義に見える。それがホムラたちなんです。偽善者とも違う。かといって、善人では決してない。そんな感じです。ややこしいね。

ちなみに、第一巻のサブタイトルは「魔王城、燃やしてみた」ですが、あれは第一巻を表しているのではなくて、第一巻から最終巻までのホムラたちの旅のラストを表しています。

どういう経緯で、そしてどういう思いでそこに至ったのか。読者の皆さまには、ホムラたちと一緒に旅をするように、それまでの道のりを追体験してほしいのです。

ちなみにちなみに、べつに最終巻まで続刊が決まっているとかそういうことじゃないので、続かなかったら、謎だけ残すことになります。へへっ、死ぬ気で続刊を目指さねえとなあ！

あ、あとがきが終わっちゃう！　最後に一言、みんな、愛してるよ！

「ホムセカ」祝刊行！

ホムセカの「キャラクターデザイン」
イラストを担当させて頂いている
MikaPikazoです。
ホムセカのキャラは
愛くるしい子ばっかりで、
描くたび読むたび
「え…！？カワイイ！？」
ってなってました
特にホムラちゃんは
最初悩みながら
作ったキャラですが
もっとこんな表情や
シーンを描きたいな～
と思うヒロインになりました。
これからもホムラちゃんの
活躍りが見たい！
以上、ありがとうございました！

祝！ホムセカ発売!!

お買い上げ誠にありがとうございます!

背景画を担当させていただきましたmochaと申します。

ホムセカは冒頭からクライマックスでしたね…。
魔王城がいきなり爆発炎上する風景を描くなんてなかなか
いのでとても愉快でした(笑)
魔王城は全景を描いてから爆発した状態に変えていきました。
の状態がないのはかわいそうなので…。
フォーアフターのアフターが表紙の背景画となっております。
後もこの爆発の勢いを止めず、多くの方に愛される作品になる
とを願っております。

Mocha

我《わ》が焔《ほむら》炎にひれ伏《ふ》せ世界《せかい》

ep.1《エピソードワン》 魔王城《まおうじょう》、燃《も》やしてみた

著	すめらぎひよこ
	角川スニーカー文庫　23441
	2022年12月１日　初版発行
発行者	山下直久
発　行	株式会社KADOKAWA 〒102-8177 東京都千代田区富士見2-13-3 電話　0570-002-301（ナビダイヤル）
印刷所	株式会社暁印刷
製本所	本間製本株式会社

Printed in Japan　ISBN 978-4-04-112878-7　C0193

★ご意見、ご感想をお送りください★
〒102-8177 東京都千代田区富士見 2-13-3
株式会社KADOKAWA　角川スニーカー文庫編集部気付
「すめらぎひよこ」先生「Mika Pikazo」先生「mocha」先生

本書は、第27回スニーカー大賞で大賞を受賞したカクヨム作品「異端少女らは異世界にて」を加筆修正したものです。

角川文庫発刊に際して

角川源義

第二次世界大戦の敗北は、軍事力の敗北であった以上に、私たちの若い文化力の敗退であった。私たちの文化が戦争に対して如何に無力であり、単なるあだ花に過ぎなかったかを、私たちは身を以て体験し痛感した。西洋近代文化の摂取にとって、明治以後八十年の歳月は決して短かすぎたとは言えない。にもかかわらず、近代文化の伝統を確立し、自由な批判と柔軟な良識に富む文化層として自らを形成することに私たちは失敗して来た。そしてこれは、各層への文化の普及滲透を任務とする出版人の責任でもあった。

一九四五年以来、私たちは再び振出しに戻り、第一歩から踏み出すことを余儀なくされた。これは大きな不幸ではあるが、反面、これまでの混沌・未熟・歪曲の中にあった我が国の文化に秩序と確たる基礎を齎らすためには絶好の機会でもある。角川書店は、このような祖国の文化的危機にあたり、微力をも顧みず再建の礎石たるべき抱負と決意とをもって出発したが、ここに創立以来の念願を果すべく角川文庫を発刊する。これまで刊行されたあらゆる全集叢書文庫類の長所と短所とを検討し、古今東西の不朽の典籍を、良心的編集のもとに、廉価に、そして書架にふさわしい美本として、多くのひとびとに提供しようとする。しかし私たちは徒らに百科全書的な知識のジレッタントを作ることを目的とせず、あくまで祖国の文化に秩序と再建への道を示し、この文庫を角川書店の栄ある事業として、今後永久に継続発展せしめ、学芸と教養との殿堂として大成せんことを期したい。多くの読書子の愛情ある忠言と支持とによって、この希望と抱負とを完遂せしめられんことを願う。

一九四九年五月三日